ULLI, ILLEGAL

Ulrich Koch und Daniela Reis

ULLI, ILLEGAL

Bibliografische Information der Deutschen Nationalbibliothek: Die Deutsche Nationalbibliothek ver-
zeichnet diese Publikation in der Deutschen Natio-
nalbibliografie; detaillierte bibliografische Daten
sind im Internet über dnb.dnb.de abrufbar.

Herstellung und Verlag:
BoD – Books on Demand, Norderstedt

ISBN 9783752885958

INHALT

II

»Ich kenne »*Wir Kinder vom Bahnhof Zoo*« und kann mir vorstellen, wie jemand abstürzt. Ich kenne »*Trainspotting*« und kann mir vorstellen, wie jemand voll auf Entzug ist. Doch was passiert danach? Ulli zeigt uns einen Kreislauf, der sich so oft wiederholt, dass er nie zu enden scheint. Es scheint aber nur so. Denn der Schlüssel zum Glück ist, es auch zu wollen.« (Daniela Reis)

Ärztlicher Befundbericht:
Vorgeschichte, soweit für den Fall wichtig:
Langjährige Mehrfachabhängigkeit (seit 13. Lebensjahr Alkohol, z.T. exzessiv, seit 25. Lebensjahr Cannabis, seit 29. Lebensjahr Benzodiazepine, seit 30. Lebensjahr Kokain, seit 31. Lebensjahr Heroin), deshalb seit 31.1.1994 L-Polamidon- / Methadon-Substitution.

Allgemeineindruck:
Untergewichtig, depressiv, ansonsten freundlich und kooperativ

SCHONKOST UND BANANENSAFT

Dunkel ist die Welt, die mich begleitet,
Weil jeder Schritt mir Schmerz bereitet.
Trotzdem muss ich weitergehen,
Um am Ende Licht zu sehen.

Hamburg, den 19. 8. 2005
St. Pauli, Eröffnung Park Fiction

Mut ist der Preis, den das Leben verlangt, für inneren Frieden und Freiheit. Ich genieße die Reise über das freie Land. Ich entdecke viele bekannte Gesichter, eigentlich nur bekannte Gesichter. Warum tu ich mir das an? Der Platz ist voll, alle sind draußen, das gesamte und gewohnte Geschehen, irgendwie vertraut, und ich sitze hier, als hätte sich nichts verändert. Ich atme durch den Schmerz vergangener Jahre, als wäre es heute. Doch ich sehe jetzt mit anderen Augen.

Als ich dich das erste Mal sah, konnte ich eigentlich nur deine schönen Haare sehen. Aber ich glaube, dass ich da bereits ein Auge auf dich geworfen hatte. An deinen ersten Tagen in der Entgiftung beobachtete ich dich oft, du warst immer am Schreiben. Ich weiß noch genau, was ich dachte: Man, hat die viel zu schreiben. Morgens, mittags, abends. Erst in ein kleines Buch und dann noch mal ins Reine. Zwischendurch noch Briefe an deine Kinder oder an deinen Freund? Als

11

Thomas dann anfing, sich mit dir zu beschäftigen, war das Thema erstmal durch für mich. Dann kam ich sowieso ins Krankenhaus, Scheißspiel, aber auch da musste ich oft an dich denken. Als ich dann wieder zurück in Bokholt[1] war, hatte ich so meine Probleme und zweifelte stark an mir. Weswegen und wofür mache ich das hier eigentlich, leben und Liebe zulassen, und wie viel Schmerz kann ich noch ertragen? Auf provokante Art und Weise versuchte ich schließlich, deine Aufmerksamkeit zu gewinnen. Wahnsinnig gut fand ich dann, wie wir uns mit den Augen begegneten, immer und immer wieder. Es hat mich so viel Überwindung gekostet, dich in den Arm zu nehmen und zu küssen, aber es war tierisch schön.

Ich muss lachen, wenn ich über mein Leben nachdenke und Bilder aus alten Tagen vor Augen habe. Petra ist tot – ob das stimmt? Am Sonntag war ich bei Norbert am Grab, wie so oft. Ich brauche Kraft und finde sie bei ihm. Auf dem Rückweg musste ich weinen, beschissene Gefühle kamen hoch. Aber ich muss nicht so hart sein, wie das Leben mir mitspielt.

Sieben Jahre früher…

---

[1] »Fachklinik Bokholt«: Fachklinik für Qualifizierten Entzug und Kurzzeitreha

Amtsgericht Hamburg, den 12. 6. 1998

»HAFTBEFEHL

gegen

Vorname und Familienname: Ulrich Koch

Zeit und Ort der Geburt: 8.1.1959 in Marne

Er ist aufgrund von Zeugenaussagen dringend verdächtig, durch mehrere Straftaten gewerbsmäßig eine fremde bewegliche Sache einem anderen in der Absicht weggenommen zu haben, sich dieselbe rechtswidrig zuzueignen, indem er in Hamburg

1. am 25.9.1997, 18:30 Uhr der Fa. New Yorker, Lüneburger Str. 31 ein Sweat-Shirt im Wert von 39,95 DM,

2. wenige Minuten später der Fa. Sobottka, Lüneburger Tor 9 einen Messingleuchter, einen Brieföffner, sowie eine Metalldose im Wert von insgesamt 176,20 DM,

3. am 22.10.1997, 14:00 Uhr der Fa. Outfit Jeans and More, Amalienstr. 4 zwei Jacken im Wert von insgesamt 318,00 DM,

4. am 11.11.1997, 15:10 Uhr der Fa. Karstadt, Schloßmühlendamm 2 ein Computerspiel im Wert von 109,00 DM,

5. am 2.2.1998, 16:55 Uhr der Fa. Douglas, Lüneburger Str. 37 eine Flasche After-Shave im Wert von 19,50 DM,

6. am 4.2.1998, 17:30 Uhr der Fa. Jean Pascal, Spitaler Str. 4 eine Lederhose im Wert von 149,00 DM entwendete.

Die Untersuchungshaft wird verhängt, weil der Angeklagte einschlägig vorbestraft und unter seiner Meldeanschrift nicht anzutreffen ist. Sollte die stationäre Therapie in der Fachklinik Bokholt durchgeführt werden, wird ein erneuter Antrag gemäß §35 BtMG[2] anheimgestellt.

Richter am Amtsgericht«

---

[2] §35 Betäubungsmittelgesetz: »Ist jemand wegen einer Straftat zu einer Freiheitsstrafe von nicht mehr als zwei Jahren verurteilt worden und ergibt sich aus den Urteilsgründen (…), dass er die Tat aufgrund einer Betäubungsmittelabhängigkeit begangen hat, so kann die Vollstreckungsbehörde mit Zustimmung des Gerichts (…) die Vollstreckung der Strafe (…) für längstens zwei Jahre zurückstellen, wenn der Verurteilte sich wegen seiner Abhängigkeit in einer seiner Rehabilitation dienenden Behandlung befindet oder zusagt, sich einer solchen zu unterziehen und deren Beginn gewährleistet ist. (…)« (§35 BtMG Abs. 1 GG)

Fachklinik Bokholt, den 22. 6. 1998

»Hallo Ulrich,

wir haben Deine Bewerbung für einen Entgiftungsplatz erhalten. Wir gehen davon aus, dass Du über unsere besondere Form der Entgiftung informiert worden bist. Da wir den Entzug ohne Medikamente durchführen, ist Deine Mitarbeit besonders wichtig. Du kannst Dir den Entzug enorm erleichtern, indem Du Dich bis zur Aufnahme hier herunterdosierst. Wir können Dir jetzt schon einen Termin vorschlagen, und zwar den 19.10.1998.

Herzliche Grüße«

Bokholt-Hanredder, den 19. 10. 1998

Norbert hat mich heute morgen abgeholt und hierhergefahren. Wir frühstückten auf dem Fischmarkt und kauften noch ein paar Klamotten für mich. Mein Onkel ist immer ziemlich geradeheraus und hielt mir mal wieder den Knast vor Augen. Wie soll ich es auch lernen, wenn ich nicht immer wieder damit konfrontiert werde? Dann musste er dringend noch acht

Kisten Dithmarscher für den Pudel[3] kaufen. Die passten gerade so in den Opel Combi rein. Um kurz vor elf waren wir hier und wurden direkt gefragt, was wir damit vorhätten. Bis jetzt alles ganz nett. Mal abwarten, wie es noch wird. Bekomme gleich zum ersten Mal eine Akupunktur.

20. 10. 1998 2. Tag

Nachts so im Zweistundentakt geschlafen. Habe leichten Affen[4] und im Rücken leichtes Ziehen. Bewege mich nicht, so bleibt die Droge länger im Körper, hoffe ich mal. Kann nichts essen und kaum was trinken, bekomme Schonkost und Bananensaft.

21. 10. 1998 3. Tag

Gestern Abend eine Valium und ein Schlafkranz[5], eine Stunde später war ich weg. Viel zu früh aufgestanden und gebadet. Rückenschmerzen.

---

[3] »Golden Pudel Club«: Szeneclub am Hamburger Fischmarkt
[4] »Affe«: Begriff aus der Drogenszene, der die Entzugssymptomatik beschreibt
[5] »Schlafkranz«: Akupunktur-Methode

22. 10. 1998 4. Tag

Die Nacht über kaum geschlafen, höchstens eine Stunde am Morgen. Eigentlich bin ich ganz gut drauf, aber dieses ständige Motzen! Post von Mutter aus Tunesien bekommen, das macht einen ja neidisch, aber Hauptsache, es gibt überhaupt noch Leute, die an mich denken und auch wissen, wie schwer so eine Entgiftung ist.

23. 10. 1998 5. Tag

Mir geht's schon wesentlich besser. Vor dem Mittagessen waren wir mit dem Chefarzt in Wilster beim Schwimmen und Saunen. Das kam tierisch gut! Zum Mittagessen gab es Matjes mit Bratkartoffeln und Salat. Küchendienst mit René, so ein Sonnyboy, ganz cool über die Bühne gebracht. Habe Danny geschrieben, da er sie kennt. Übrigens bekam ich heute ein Frühstücksei und gestern Abend die letzte Valium mit Baldrian. Wenn es einem hier einigermaßen gut geht, heißt es »alles im grünen Bereich«. Habe Natalie, die kleine, süße Kölnerin kennengelernt und sie ein bisschen mit Massage verwöhnt. Leider bricht sie ab. Muss wohl noch eine Runde im roten Bereich drehen. Am späten Nachmittag suchte ich das Gespräch mit meinem Therapeuten. Ich wollte mal mit meiner Oma telefonieren. Das durfte ich auch, allerdings war es Norbert, der den Hörer griff. Er erzählte mir, dass es Oma sehr schlecht geht. Scheißspiel. Ich bin heute schön kaputt und glaube, dass ich ein paar Stunden Schlaf bekomme.

24. 10. 1998 6. Tag

Heute Nacht fast verrückt geworden vor Schlaflosigkeit, aber nach einem Entspannungsbad, morgens um halb fünf, bin ich doch tatsächlich eingeschlafen bis zum Wecken. Dank leichter Kopfschmerzen gleich eine Akupressur bekommen. Es ist der Wahnsinn, wie gut mein Körper auf diese Chinaheilmethoden reagiert. Norbert war nach dem Mittagessen hier und brachte eine Kiste mit geilen Fressalien mit. Dann übergab er mir »die Lebensmittelverantwortung«. Nicht schlecht, aber irgendwie bin ich deprimiert, weil er die heiß ersehnten CDs vergessen hat. Ich habe großen Nachholbedarf. Auf Methadon oder Gift hatte ich nie Bock auf Musik. Naja, er hat mir versprochen, dass er nächste Woche noch mal kommt.

25. 10. 1998 7. Tag

Oma geht es unverändert schlecht. Mal sehen, ob ich diese Woche noch nach Brunsbüttel ins Krankenhaus fahren und sie besuchen kann. Meine Gedanken sind bei ihr. Ich bin eigentlich ganz gut drauf, die Leute unterstützen einen, wo sie nur können. Das wenige Schlafen und die innere Unruhe stören mich. Dadurch ist meine Konzentration sehr schlecht, aber weil hier ewig neue Leute kommen, muss man sich ganz schön viele Namen merken, und das ist ein gutes Gedächtnistraining. Auch die Akupunktur tut meinem Körper sehr gut, das kann ich nur immer wieder betonen und jedem empfehlen. Habe hier den ersten verantwortungsvollen Posten bekommen. Ich bin jetzt »Küchenverantwortlicher der Entgiftung«. Das heißt, ich muss zusehen, dass von allem was da ist und jeder bekommt, was ihm zusteht. Obwohl es da noch mal strenger zugeht, freue ich mich jetzt schon fast auf die Reha. So viel wie hier gelacht wird, fühle ich mich gut aufgehoben. Wenn man will, hat man immer was um die Ohren. Mal sehen, was der Montag bringt. Hoffentlich kann ich schlafen.

Mit der Küchenverantwortung kamen die ersten Verführungen. Denn ich verfügte plötzlich über Lebensmittel, die beim Entgiften sehr begehrt sind. Bananen- und Kirschsaft, aber vor allem Kaffee. Der Konsum von Koffein war in der Entgiftung einer von vielen Regelverstößen.

»Verhaltensregeln

1. Zimmerordnung
Täglich bis 8:50 Uhr müssen die Betten gemacht sein. Das Zimmer muss gelüftet werden. Abnahme erfolgt durch den Gruppensprecher um 8:50 Uhr.

2. Mahlzeiten

Bei allen Mahlzeiten besteht eine Anwesenheitspflicht von mind. 5 Minuten, Hauptmahlzeiten sind nur im Essraum einzunehmen.

3. Rauchen

Das Rauchen im Haus ist nur im Speisesaal und auf den Terrassen erlaubt. Während der Mahlzeiten und zwanzig Minuten vor den Mahlzeiten ist das Rauchen im Speisesaal nicht gestattet. Erst, wenn der letzte aufgegessen hat und keine Lebensmittel mehr auf dem Tisch stehen, darf wieder geraucht werden. *RAUCHEN AUF DEN ZIMMERN IST AUS BRANDSCHUTZGRÜNDEN STRENGSTENS VERBOTEN UND FÜHRT ZUR ABMAHNUNG BZW. DISZIPLINARISCHEN ENTLASSUNG!* Die Zimmermitbewohner / Mitwisser oder Duldenden kommen dabei ebenfalls mit vors Team. Wer gegen das Verbot verstößt, muss mit erheblichen Konsequenzen rechnen. Jede/r hat dafür zu sorgen, dass sich keine Asche oder Kippen auf den Zimmern befinden.

4. Hausputz

Der Hausputz findet im Rahmen der Verantwortungsbereiche täglich statt in der Zeit von 11:30 Uhr bis 12:30 Uhr. Die Abnahme der

Bereiche erfolgt durch den Hausputz-Verant-
wortlichen.

5. Telefonate

Falls Du telefonieren oder angerufen werden
möchtest, musst Du vorher eine Genehmi-
gung bei Deinem Bezugs-Therapeuten einho-
len.

6. Briefe

Briefe werden kontrolliert (Schmuggelware),
jedoch nicht generell gelesen. Die Mitarbeiter
behalten sich allerdings vor, in berechtigten
Situationen des Misstrauens Briefe inhaltlich
zu überprüfen. Die Post darf nur über die
Fachklinik empfangen und abgeschickt werden. Die Postausgabe findet in der Verwaltung täglich nach dem Mittagessen statt.

7. Pakete

Pakete sollen nur Kleinigkeiten enthalten
(z.B. Tabakwaren, Kleidungsstücke, Süßigkeiten und evtl. auch Geld) und werden
grundsätzlich von einem Mitarbeiter kontrolliert. Geld muss grundsätzlich abgegeben
werden.

8. Besuche

Besuche werden individuell gehandhabt, in
der Regel sollen zu Behandlungsbeginn keine
Besuche stattfinden, um sich auf die Therapie

einzulassen, hier »anzukommen«. Spätere Besuche sind nach Absprache mit Deinem Beziehungstherapeuten möglich. Zu Beginn des ersten Besuches findet ein Angehörigengespräch mit dem Therapeuten statt.

9. Glücksspiele

Glücksspiele und Wetten jeglicher Art sind nicht gestattet.

10. TV

Der Medienverantwortliche plant unter Berücksichtigung des TV-freien Freitags das Fernsehprogramm der Woche. Vorschläge sind bis Donnerstag einzureichen. Die Fernsehzeiten sind ab 20:00 Uhr bis 23:00 Uhr.

11. Musik auf den Zimmern

Die Musikzeiten sind ab 7:00 Uhr bis 9:00 Uhr, 17:00 Uhr bis 18:00 Uhr und 20:00 Uhr bis 23:45 Uhr.

12. Taschengeld

Die gesamten Zahlungsmittel sind zu Beginn der Therapie abzugeben. Das Geld wird im Büro verwaltet.

13. Intimkontakte

INTIMKONTAKTE ZWISCHEN REHA- UND ENTZUGSPATIENTEN SIND UNTERSAGT!
In der Reha sind sexuelle Kontakte aus

therapeutischen Gründen nicht erwünscht. Sollten Klienten dennoch eine sexuelle Beziehung eingehen, müssen sie sofort beim Bezugstherapeuten, vor der Gruppe und dem Team angemeldet werden.

14. Inventarschäden
Bei Inventarschäden, die aufgrund von Unachtsamkeit seitens der Patienten entstehen, wird eine Kostenbeteiligung erhoben.

15. Spaziergänge
Spaziergänge sind nur auf den vorgeschriebenen Routen erlaubt. Zu dritt mit 1 Verantwortlichem, zu fünft mit 2 Verantwortlichen und mehr als fünf nach Rücksprache. Spaziergänger melden sich im Ausgangsbuch mit der entsprechenden Routenbezeichnung ab.

16. Zimmerbesuche
Ab 00:00 Uhr muss sich jeder Patient in seinem eigenen Zimmer aufhalten! Sollte man nicht schlafen können, so besteht die Möglichkeit sich im Aufenthaltsraum bzw. in der Stube aufzuhalten. Man muss sich auf jeden Fall in das Nachtbuch eintragen.

17. Verhalten auf dem Gelände
Zigaretten und Müll dürfen nur in die dafür vorgesehenen Behälter geworfen werden.

Außerhalb des Geländes ist allgemein auf Sauberkeit zu achten.

18. Gong-Runden
Gongrunden werden aus aktuellem Anlass in Konflikt- und Krisensituationen einberufen und sind für alle Mitglieder der Reha verpflichtend. Problem-Gong-Runden nach 22:00 Uhr nur in dringenden Anlässen z.B. Abbruch. Sonst, wenn möglich, auf den nächsten Tag verschieben.

19. Kontrolldienst
Zwei Personen, die vom Gruppensprecher bestimmt werden, gehen zwischen 00:00 Uhr und 00:30 Uhr durch das Haus und löschen das Licht, schließen Türen und Fenster und achten auch auf Sauberkeit und Ordnung im Saal und im Wohnzimmer.

20. Abmahnung / Entlassung
Zur Abmahnung bzw. zur disziplinarischen Entlassung können verschiedene Regelverstöße führen, sicher aber Gewaltbereitschaft (-anwendung) / Gewaltandrohung, Rauchen auf dem Zimmer, Drogenmissbrauch (inkl. Alkohol und alkoholfreies Bier), Verweigerung einer Urinkontrolle, Tausch von Waren gegen Dienstleistungen.

21. Sprache

Um Ausgrenzungen auf der einen Seite und mangelnde Kontrollierbarkeit über geführte Gespräche auf der anderen Seite und damit Misstrauen zu vermeiden, sind alle Gespräche während des Aufenthaltes in der Therapie in deutscher Sprache zu führen.

BEI NICHTEINHALTUNG DIESER REGELN GIBT ES EIN KÜRZEL!

Das steht für:

Kleines Übungsfeld und Raum Zur Eigenen Leistungssteigerung

und beinhaltet eine gemeinnützige, d.h. allen zugutekommende Arbeit. Diese wird nach Erledigung vom Kürzel-Dienst oder in Delegation von einem/r Verantwortlichen abgenommen und als geleistet bestätigt. Bei ernsteren Regelverstößen, insbesondere Rückfällen, Gewaltandrohung etc. kommt es mind. Zu einer schriftlichen

Abmahnung

und Stellungnahme vor dem Team, oder aber zur sofortigen

Disziplinarischen Entlassung!!!

Daher bitten wir im eigenen Interesse, für einen einigermaßen geregelten Therapieablauf zu sorgen – drei Monate lassen wenig Zeit für Spielchen!«

So beschnitten wir uns selbst in unserer Freizeit und mussten am Ende der Woche für jedes Vergehen fünfzehn Minuten den Putzlappen schwingen. Da waren die Deals vorprogrammiert. Wir konnten uns nur gegenseitig in die Pfanne hauen oder uns zusammentun, denn die Strichlisten mussten wir selbst führen. Ich lernte den Küchenverantwortlichen der Reha kennen, von wo aus wir unser kleines Lager auf der Entzugsstation auffüllten, mit dem ich die ersten Verträge abschloss, so nannten wir das in Bokholt. Ein Vertrag ist, wenn nicht mehr als zwei Personen unerlaubte Sache machen, von der alle anderen nichts wissen und auch nichts haben. Von da an hatte ich immer Kaffee.

26. 10. 1998 Montag

Ich habe den Entschluss gefasst für Oma, Tante Gerda, Norbert, Elfi und zuallerletzt für mich, ab meinem 40. Lebensjahr ohne harte Drogen auszukommen. Es ist einfach geiler so. Ich hoffe nur, dass das auch hinhaut. Es ist unglaublich, aber ich konnte heute Nacht sechs Stunden am Stück schlafen. Im

Moment schreibe ich meistens während der Akupunktur. Tagebuch und Postkarten, heute an Danny. Gestern sind drei neue Leute gekommen. In der Reha drüben sind jetzt zweiundzwanzig Leute, das heißt Aufnahmestopp. Ich darf noch rüber, allerdings erst in vierzehn Tagen. Mal sehen, ob ich Oma in Brunsbüttel besuchen kann. Die Erlaubnis habe ich bereits, ich soll es nur noch organisieren. Übrigens hau ich schon ganz schön was weg. Ich hoffe bloß, ich bekomme keine Magen- und Darmprobleme.

27. 10. 1998 Dienstag

Scheißnacht, nicht geschlafen, nur zwei Stunden im Bett gewälzt. Sobald ich mich hinlege, laufe ich aus und das Bett ist nach zwanzig Sekunden schweißdurchtränkt. Scheiß Wetter draußen, Regen, arschkalt und Frühstücksdienst. Abgesehen davon, fühlen sich die Tage hier ganz gut an, weil bei mir alles rund läuft. Am 9.11. wechsele ich in die Reha.

29. 10. 1998 Donnerstag

Gestern fand ich keine Zeit und keine Ruhe, um zu schreiben. Innere Unruhe sozusagen. In der Entgiftungsgruppe hatten wir heute das Thema »Cannabis«. Inzwischen ist es eigentlich eine völlig neue Gruppe. Von den Leuten, die da waren, als ich gekommen bin, sind nur noch drei übrig. Aber Natalie will am Montag wiederkommen. Mal gespannt, ob sie's schafft. Norbert holt mich am Samstag ab und wir fahren zu Oma ins Krankenhaus. Habe heute zwei Postkarten bekommen. Es ist immer ein wahnsinnig gutes Gefühl, draußen in Hamburg Leute zu haben, die an einen denken.

Im Moment sitzt die Gruppe im Fernsehraum und guckt »Papillon«. Ich muss an meine Isolierhaft 1975 in Neumünster denken. Das waren zwar nur dreizehn Tage, aber die waren hart. Zuerst gab es die Ausstattung, Einheitsklamotten, Plastikbesteck und die Bibel, wenn man wollte. Ich nahm alles mit, was ich kriegen konnte, denn mehr gab es nicht. Nichts Persönliches und keinen Tabak oder Kaffee. Nix. Eine Zelle in einer Zelle mit einem Fenster aus dicken Glasbausteinen, acht Quadratmeter oder weniger. Ein Loch zum Scheißen in der Ecke, wo nachts die Ratten rausguckten und eine Holzpritsche an der Wand. Man, ich wusste gar nichts mehr. Die ersten Tage waren sehr, sehr lang. Ich hörte nichts. Am dritten Tag gab es zu Mittag dann mal warmes Essen und abends eine Scheibe Wurst aufs Brot. Ich durfte für eine Stunde ins »Freie« gehen und bekam was zum Schreiben. Das Beste war eine zweite Decke für die Nacht. Aber Schlafen ging irgendwann auch nicht mehr. Ich verlor die Orientierung, fing an, die Bibel zu lesen und versuchte, mir das alles bildlich vorzustellen. Da die Bibel aber in Psalmen geschrieben ist, kam das nicht so gut. Dann meditierte ich, ohne zu wissen, was das ist. Das war ein fast unbeschreibliches Ereignis. Ich driftete immer weiter weg, zuerst nur für

Sekunden, Minuten, aber irgendwann bekam ich nicht mal mehr mit, dass die Zelle geöffnet und Essen reingestellt wurde. Ich hatte das Gefühl, meinen Körper zu verlassen und mich durch meine Gedanken überall hinbewegen zu können. 1978, nur drei Jahre später, wurde die Isolierhaft aus Gründen der Unmenschlichkeit offiziell abgeschafft.

31. 10. 1998 Samstag

Morgens innere Unruhe, normal, da ich heute zu Oma gefahren bin. Mein erster Ausflug seit meiner Ankunft hier. Norbert und Gerda holten mich ab. Sie brauchten drei Stunden von Hamburg hierher, da eine mörderische Regenwelle das Land überflutet hat. In Brunsbüttel trafen wir dann auf meine Mutter Elfi und ihren Freund Helmut. Oma geht es schon etwas besser. Sie hat mich auch erkannt und ich konnte mit ihr sprechen. Später war ich noch bei mir zuhause und auf meinem Bett fand ich CDs und Spiderman-Comics, die Norbert dort für mich abgelegt hatte. Um 19:00 Uhr brachten Elfi und Helmut mich zurück. Habe mich den Rest des Tages gefreut.

1. 11. 1998 Sonntag

Zum ersten Mal einen Methadon-Affen bekommen. Ätzend. Schmerz ist nur ein Gefühl. Im Knast lernt man, Gefühle zu unterdrücken. Schlag zuerst zu, zögere nicht, und du wirst zwar einsam, aber der Gewinner sein. Herz heißt Schmerz. Das ist gefährlich, da sich das Gefühl irgendwann ganz verabschiedet. Bei mir leider nicht.

therapiehilfe e.V. - Fachklinik Bokholt - Abteilung Reha

Therapie-Tagebuch

Einführung in das

Autogene Training nach J.H. Schultz

Egal, ob Du dich so fühlst...

oder so.......

oder so......

oder gar so...

und wenn Du Dich aber so

fühlen möchtest,

dann.......

könnte *Autogenes Training* nach J.H. Schultz eine gute Möglichkeit dazu sein. Wir wollen Dir die Grundstufe dieses Entspannungsverfahrens im folgenden vorstellen.

2. 11. 1998 Montag

Habe mir einen Bademantel aus Baumwolle besorgt.
Trage ihn zum Schlafen, er saugt den ganzen Schweiß
auf. Habe außerdem Norbert darum gebeten, mir
meine Baumwoll-Bettwäsche von zuhause mitzubrin-
gen. Jetzt kann ich endlich schlafen. Tierische Erkältung bekommen. Früh gebadet und dann einen Spaziergang um das Haus gemacht, da wir das Gelände
nicht verlassen dürfen.

3. 11. 1998 Dienstag

Jetzt kommt's! In der Entzugsgruppe ging es heute
um Beispiele der Rückfälligkeit. Auf dem Lichtpro-
jektor befand sich eine Karte, auf der unter anderem
Freiburg markiert war. Dachte noch so: Jo, Dannys
Heimat, und was passiert? Der Mitarbeiter erzählte,
dass gerade erst wieder drei Leute an einer Überdosis
gestorben sind und erwähnte im Beisatz einen Namen: Daniela Hübner. Ich glaubte, nicht richtig gehört zu haben und hakte noch mal nach, aber scheiße,
es ist wahr. In der Reha kannten sie auch viele. Was
kann man machen? Nichts oder besser, die Hinter-
gründe aufdecken. Habe jetzt natürlich Schwierigkeiten, nicht an Danny zu denken. Weil sie für mich eine
tierische Frau war und wir uns alles sagen konnten.
Hatte mich schon gefragt, warum sie nicht mehr zu-
rückschrieb.

Amtsgericht Hamburg, den 5. 11. 1998

»Beschluss
In der Strafsache
gegen Ulrich Koch
beschließt das Amtsgericht Hamburg-Harburg:

Dem Antrag des Verurteilten Ulrich Koch auf Zurückstellung der Strafvollstreckung (§35 BtMG) aus dem Urteil vom 15.7.1998 wird mit der Maßgabe zugestimmt, dass er eine stationäre Therapie in der Fachklinik Bokholt antraut.

Die angeordnete Zurückstellung erfolgt ausschließlich zur Durchführung einer Heilbehandlung wegen der festgestellten Betäubungsmittelabhängigkeit in folgender Einrichtung: Fachklinik Bokholt, 25335 Bokholt-Hanredder

Die Aufnahme der Behandlung ist binnen 2 Wochen nach Antritt, die Fortsetzung in Abständen von einem Monat der Staatsanwaltschaft nachzuweisen.«

EINE WIRKLICH GUTE IDEE

Rezept für großen Hans im Wasserbad
500 g Mehl
1 Hefewürfel
Salz + Zucker
3 - 4 Eier
wenig Milch
1 Zitrone

Hefeteig zubereiten. 45 - 60 Minuten im Wasserbad kochen.

10. 11. 1998 Dienstag

Habe kaum noch Zeit, das Tagebuch zu führen. Ich merke immer mehr, dass ich wieder lebe. Morgens spazieren, zwischendurch Tischtennis, dort mal ein Brief und da mal eine Postkarte, Malen, Akupunktur und essen und trinken nicht vergessen. Meine letzte Woche in der Entgiftungsgruppe, die sich schon wieder ganz neu zusammensetzt, ist angebrochen. Habe mit Heidi, das ist hier die gute Fee, einen Vorgarten angelegt, zwanzig Meter lang und fünf Meter breit. Am Sonntag machten wir einen Ausflug. Ich habe riesige Karpfen im Teich beobachtet, einen Eiskaffee im Restaurant getrunken und mich mit einem Sammler und Jäger von Blechautos unterhalten. Fühle mich richtig gut! Übrigens wird hier in Bokholt gerade ein Haus für Jugendliche gebaut. Bei denen ist die Rückfallquote bei 80%. Ich habe vor, etwas für die Pola-Post zu schreiben, um anderen Bokholt schmackhaft zu machen.

1997 bis 1998 war ich Mitglied einer Zeitungsgruppe. Zu dieser Zeit musste ich täglich in die Ambulanz 3 in Harburg, um dort meine Dosis Polamidon abzuholen. Levomethadon, wie Methadon, was ich später bekam, ist ein vollsynthetisch hergestelltes Opioid und wird bei einer sogenannten Substitutionsbehandlung bei Heroinsüchtigen eingesetzt. Es unterdrückt den Entzugsschmerz, weil es die Opioidrezeptoren besetzt, indem es den echten Botenstoff imitiert. Dadurch wird die Signalübertragung aktiviert und die Rezeptoren melden Wirkung. Der Kick bleibt dabei aus, die Sucht allerdings erhalten. Vorteile sind die legale Beschaffung und die orale Einnahme, die fast immer unter Aufsicht stattfindet. In der Ambulanz 3 gab es »Pola« nur von 10:00 bis 12:00 Uhr, um 12:05 Uhr war die Tür dicht. Ausreden wurden nur mit schriftlicher Bescheinigung toleriert, zum Beispiel einem Stempel vom HVV bei verspäteten Zügen. Zu dieser Zeit erlebte Hamburg eine große Hilfewelle für Heroinsüchtige. Fast zweihundert Menschen pro Jahr sind damals in Hamburg an den Folgen von Heroin gestorben. Die Stadt musste etwas unternehmen. Es wurden einige Suchthilfe Stationen und drei Suchtambulanzen eröffnet. Die erste in der

Sternschanze, die zweite in Wandsbek und die dritte in Harburg. Jedoch kamen Informationen, beispielsweise über neue Medikamente, ungleichmäßig bei den Betroffenen an, deshalb hatten wir, ein paar Substituierte und zwei Psychologen, die Idee, jeden Monat ein Infoblatt rauszubringen. Thomas, einer der beiden Psychologen, wirkte als Vermittler zwischen uns, den Abhängigen und dem Staat, und informierte sich über Geldzuschüsse für Gemeinschaftsaktivitäten. Schließlich bekamen wir einen Raum in der Ambulanz 3 zugesprochen, den wir einmal die Woche nutzten. Wir fingen an, uns mit vier Leuten regelmäßig zu treffen, sammelten Material und sprachen über den Aufbau der Zeitung. Für uns war das eine schöne Ablenkung von uns selbst und Thomas lockte mit frischen Brötchen, heißem Kaffee, Marmelade, Aufschnitt und Eiern. Da er nur zu gut wusste, dass die Konzentration von Abhängigen nicht lange anhält, versuchte er, uns die Arbeit schmackhaft zu machen. Wir besprachen die Inhalte und Thomas rief Leute an, um hier und da Spenden und Geräte, wie einen Computer, zu beschaffen. Der PC war für alle von uns Neuland, keiner hatte Ahnung davon und eigentlich hatte auch keiner Bock, sich welche anzueignen. Lieber raus, einen rauchen. Meistens war nach zwei Stunden Schluss mit der Arbeit, aufgrund von Konzentrationsschwäche oder Suchtdruck. Wir hielten es nie lange aus, da wir lieber im nahe gelegenen Hexenberg einen kifften.

Bald schon verbreiteten wir überall die Nachricht, dass eine Zeitung von Abhängigen für Abhängige rauskommen sollte. Die Resonanz fiel positiv aus und langsam, aber sicher hatten wir auch Spaß daran. Der ein oder andere kam noch dazu und so schrieben, illustrierten und druckten wir die erste »Pola-Post«. Treffer versenkt, es lief, Woche für Woche erschien eine neue und bei mir eine Gänsehaut nach der anderen. Erfolg! Wir besuchten Therapien und andere Einrichtungen, auch in Berlin, um darüber zu schreiben. Ich dachte zum ersten Mal überhaupt ernsthaft über ein cleanes Leben nach und stellte mir dieses vor, dachte aber auch gleichzeitig schon daran, zu bescheißen. Nach einer Besichtigung in Bokholt, im Rahmen der Recherchearbeiten, verwarf ich diese Gedanken sofort wieder. Mit der Pola-Post lief es gut, wir steigerten die Auflage und verteilten sie eigenhändig, zuerst umsonst und dann für fünfzig Pfennig. Jeder bekam seinen eigenen Computer und Thomas brachte uns das Arbeiten an den Geräten Schritt für Schritt bei. Wir mussten uns hart konzentrieren, um mitzukommen. Wir rauchten kein Rauschgift mehr und wenn das doch mal passierte, lief alles schief.

Es hat gedauert, bis ich mich entschließen konnte, eine Therapie zu machen. Erstmal musste ich begreifen, dass es um mich ging. Ich versuchte, einen Kollegen mit reinzuziehen, aber der wollte einfach nicht. Damals dachte man in der Szene ja noch, dass man bei der Psychotherapie im Kopf operiert und so lange weichgeklopft wird, bis man für die Gesellschaft tragbar ist. Ich hatte tierische Angst davor, bloß weil ich nichts darüber wusste. Ich kannte

Bilder aus Filmen, von Menschen mit Schraubzwingen am Kopf, durch die Elektrostöße gejagt wurden. Das waren die gängigen Vorurteile über Psychotherapie. Der Knastdruck war mir bei dieser Aussicht auch egal. Ich dachte, dass ich im Knast besser klarkam.

Ich wollte nie ein normaler Mensch sein oder werden. Ein Spießer oder was weiß ich, eben einer, der nach den Vorschriften lebt. Im Heim dachte ich, ich sei schlauer als die Autoritäten. Die Erzieher zu verarschen, gab mir innere Genugtuung. Ich musste also erstmal schlucken, dass das Gangster Dasein vorbei ist, sobald ich diesen Schritt mache. Norbert sagte mal: »Versuch doch mal, die tausend Türen, die du dir an allen Seiten offenlässt, zu schließen, dann wirst du sehen, dass neue Türen aufgehen.« Ich hatte Glück, dass ich Norbert konstant im Rücken hatte. Es war immer einer da. Norbert war immer da. Er konnte mich schließlich davon überzeugen, dass es das Beste für mich war.

Ich trat die Therapie im Oktober 1998 an. Ich hatte Angst. Ich wusste, dass die Einrichtung außer chinesischer Heilkunst keinerlei Hilfs- und Ersatzmittel für den Entzug bereitstellte und erlaubte, höchstens mal eine Valium zur Entgiftung. Thomas besuchte mich und schenkte mir ein großes, blaues Notizbuch, damit ich alles für die Pola-Post festhalten konnte. Ich dokumentierte die Entgiftung, doch die Pola-Post überlebte nicht lange. Die Gelder wurden gestrichen und die Leute, die noch dabei waren, schafften es nicht, die Arbeit am Laufen zu halten.

Dafür hatte ich nun ein Notizbuch und eine wirklich gute Idee. Mit Postkarten fing es an. Jeden Tag verschickte ich eine und jeden Tag bekam ich Post zurück. Das machte mir Mut, ein richtiges Buch zu schreiben. Mit der Absicht, dass es eines Tages auch gelesen wird.

17. 11. 1998 Dienstag

Gestern kam ich in die Reha und musste gleich ein Aufnahmegespräch vor der Gruppe absolvieren. Ziemlich entspannt. Ich sollte in Zeitabschnitten mein Leben erzählen. Damit keiner unterbrochen wird, heben die Leute bei Fragen die Hand, das wird festgehalten und die Fragen werden hinterher gestellt. Ich hatte meinen Lebenslauf nach dreißig Minuten erzählt und ganz zum Schluss kam dann die Frage: *»Was willst du hier für dich erreichen?«* Da Therapien auf Ehrlichkeit und Struktur aufbauen, kommen da plötzlich so Fragen, was ich in meinem Leben ändern und was ich in der Therapie dafür tun will. Darauf war ich nicht gefasst. Viele machen die Therapie ja nur, damit sie nicht in den Knast müssen, wie ich ja auch. Die meisten sagen dann einfach: »Clean leben.« Doch ich wusste erstmal gar nicht, wie die Frage gemeint war, beziehungsweise worauf das gemünzt ist. Auf die Drogen, auf den Knast oder allgemein auf das Leben? Ich wollte die Frage vorsichtig beantworten, um keine zu hohen Erwartungen an mich zu verursachen. Deshalb sagte ich, dass ich erstmal nur ohne

Schmerzen am Leben sein will. Ich will natürlich irgendwann mal clean leben, aber ich will erstmal überhaupt leben. Ich bin ja schon tot, emotional, das ist doch alles nur noch 'ne Qual! Dem Umstand allein, dass Norbert mich zu dieser Therapie überredet hat, verdanke ich doch, dass immerhin mein Körper noch läuft. Ich muss jetzt erstmal leben lernen.

Heute bin ich um 5:00 Uhr aufgestanden, machte einen Spaziergang und um 8:00 Uhr gab es Frühstück. Um 9:00 Uhr Morgenrunde, eine kurze Pause und dann ging es weiter in Kleingruppen. Das waren sehr interessante Gespräche, ich erkenne mich oft selbst in den inneren Konflikten der anderen wieder und das finde ich nicht schlecht. Jedenfalls habe ich mir einen guten Tag zum Wechseln ausgesucht, denn eine Klientin hatte heute Geburtstag. Dementsprechend war das Essen sehr gut. Es gab Schweinefilet in Pfirsichsoße mit Nudeln und Rosenkohl. Abends dann Feedback-Runde bis 23:00 Uhr. Man schildert dabei die Eindrücke, die man voneinander hat. Dabei kann man nichts richtig oder falsch machen, habe ich mir sagen lassen. Anschließend kann derjenige, der das Feedback bekommen hat, selbst überlegen, was zutrifft und was nicht. Das war mein Therapiebeginn. Ganz schön anstrengend für mich, da mitzuhalten, aber meine Konzentration kommt langsam wieder.

»Du wirst während deiner Therapiezeit mindestens zweimal ein sogenanntes

Feedback

erhalten und zwar etwa drei Wochen nach Therapiebeginn und drei Wochen vor Therapie-
ende. Du bist dazu angehalten, dazu eine

Rückmeldung

zu geben.

1. Feedback

Beim Feedback werden Dir die Gruppenmit-
glieder einzeln rückmelden, wie sie Dich erleben, welche Stärken und Schwächen, welche
Problemlosigkeiten und welche Schwierigkeiten sie an Dir bemerken. Dies kannst Du nutzen
wie den Blick in verschiedene Spiegel, die alle
einen Teil der Realität zeigen, um Dich insbesondere mit Deinen ungeliebten »blinden Fle-
cken« etwas mehr anzufreunden. Damit Du
Ohren und Sinne frei hast für das Feedback,
wird ein Gruppenmitglied das Gesagte proto-
kollieren. Du selbst sollst außer ggf. Dank für
das Mitgeteilte in der Feedbacksituation nichts
sagen, korrigieren oder klarstellen, sondern
nur aufmerksam zuhören. Wenn Du anderen
ein Feedback gibst, wiederhole nicht alles, was
schon jemand vor Dir gesagt hat, aber schließe
Dich, wenn Du eine ähnliche Meinung wie
ein(e) Vorredner(in) hast, dem an und erkläre
noch einmal Deine Gründe hierfür. Gib Dein

Feedback so, wie Du es auch empfangen möchtest: Ehrlich, kritisch, aber nicht verletzend. Achte darauf, Verhalten zu beschreiben und keine Charakterzüge zuzuschreiben! (Ich kann nichts daran ändern, wenn man mich für einen Armleuchter hält, wohl aber daran, wenn mir jemand sagt, ich sei z.B. vorlaut.)

2. Rückmeldung

Am Tag nach Deinem Feedback sollst Du Dich mit Deinem Protokoll beschäftigen und am Abend bei der Rückmeldung noch einmal der Gruppe mitteilen, von welchen Beschreibungen Du Dich getroffen fühlst, welche Dir schwerfallen anzunehmen, oder aber auch wo Du Dich falsch gesehen fühlst. Zu einem weitergehenden Dialog soll es hier nur dann kommen, wenn ein Feedback Geber den Eindruck hat, Du habest seine Äußerung gründlich missverstanden. Auch Du musst nicht zu jedem einzeln in der Gruppe etwas sagen, sondern sollst vielmehr Rückmeldung über (sich sicher oft wiederholende) Wahrnehmung von Dir geben.«

25. 11. 1998 Mittwoch

Habe mir einen geilen Obstsalat gemacht, den ich mir hier gerade reinziehe. Heute morgen bastelten wir ein

Honigkuchenhaus. Es ist sehr bunt geworden. Das hat mich ein bisschen an die Konditorei »Max Maars« in Marne erinnert. Anschließend wurde das Mittagessen zubereitet, Pellkartoffeln mit Ananas und Kasseler mit Sauerkraut und Apfelwurzelsalat, und ich zauberte noch schnell eine Soße dazu.

Ich bin in Marne geboren. Das ist nur einen Kilometer von Dithmarschen entfernt. Da gibt es die Dithmarscher Privatbrauerei Karl Hintz. Das ist eine schöne Brauerei. Morgens auf dem Weg zur Lehre fuhr ich immer mit dem Fahrrad daran vorbei. Durch eine riesige Panoramascheibe konnte ich zugucken, wie die Flaschen abgefüllt wurden. Gleich dahinter ist der Friedhof, da liegt mein Opa begraben. Der hat sich gleich eine Leitung zum Grab legen lassen, sagten wir immer, damit er da oben auch noch was hat. Aber keine Flaschen, im Himmel ist Flaschenverbot.

Ich bin ausgebildeter Bäcker. 1977 ergab sich, dass einer die Erlaubnis bekam, erstmals in der Knastbäckerei der JVA Neumünster auszubilden. Es wurde eine Bäckerklasse aus fünf Häftlingen zusammengestellt. Ich hatte meine erste Bäckerlehre in Aukrug bei Neumünster vor Jahren hingeschmissen und war einigermaßen froh, diese nun fortsetzen zu können. Denn dadurch ergaben sich gewisse Privilegien. In der Bäckerei gab es Alkohol, in der Wäscherei nebenan gab es Hasch und dann war da noch die Küche, da gab es Steaks. Der Knast war wie eine kleine

Stadt, bloß mit Zaun. Morgens um vier mussten wir einzeln aus den Zellen in die Bäckerei gebracht werden und abends wieder zurück. Die Lehrstelle bedeutete aber auch, dass ich eigentlich noch eine Weile dortbleiben musste. Aber Opa holte mich raus. Er bürgte dafür, dass ich nicht mehr durch die Kaufhäuser sprang und besorgte mir, um meine soziale Festigung vorzuweisen, draußen eine Lehrstelle. Er legte dem Richter alles vor und ich durfte gehen, um meine Bäckerlehre bei Max Maars abzuschließen.

Einer meiner Kollegen war DJ, »Trudes erste rollende Disco«. Der ist von Dorf zu Dorf gerollt und hat Platten aufgelegt. Es war jedes Mal die Hölle los, Malle in klein. Wir mussten damals immer von Dorf zu Dorf fahren, um zu feiern. Meistens von Marne nach Neufeld, das sind neun Kilometer, mit zwanzig Mann (ich übertreibe) in einen Käfer gepresst. Am Ende waren die einen hacke breit irgendwo im Deich und die anderen hatten eine Frau aufgerissen. Zwei Wochen vor der Gesellenprüfung hatte ich den Bogen überspannt. Mein Opa lag gerade im Krankenhaus. Krebs. Ich kam morgens um zwei vom Schützenfest der Dorfrocker. Ich fing an, zu arbeiten. Durch die Hitze vom Ofen knallte der Alkohol noch mal richtig. Nach einer Stunde war ich platt, hatte noch sechshundert DM in der Tasche und dachte: Scheiß drauf, ich hau ab nach Hamburg. Durch's Fenster aus der Mehlstube raus. Gerda und Norbert brachten mich nach drei Tagen zurück. Da saß ich dann mit meiner Mutter, Oma, Tante Gerda und

Norbert. »Was machen wir denn mit ihm?« Meine Oma hatte schon den Chef von Max Maars genervt: »Lass doch den Jungen, die zwei Wochen!« Aber der Chef hatte nicht mit sich reden lassen. Der Familienrat hockte zusammen und alle waren sauer auf mich. Das Telefon klingelte. Mein Meister war dran: »Morgen früh um fünf bist du hier, pünktlich. Riech ich einen Tropfen Alkohol in den nächsten zwei Wochen, bist du entlassen.« Ein Freudengeschrei! Zwei Tage vor der Prüfung starb mein Opa.

26. 11. 1998 Donnerstag

Es geht mir irgendwie gut. Langsam wache ich immer mehr auf und mir wird klar, was ich alles verschenkt habe, Tage, Wochen, Monate, Freude, Liebe und alles, was die Droge so betäubt hat - das Leben. Ich sitze hier im Kerzenschein mit einem geilen Wintertee mit Kandis und Spekulatiuskeksen. Kommt voll gut! Habe Post von Gerda und Norbert bekommen und erfahren, dass die beiden doch noch in den Urlaub fahren und wohl heute geflogen sind. Hier liegt der erste geile Schnee seit Jahren und die beiden fliegen nach Malta! Wenigstens bekomme ich dann ein paar Postkarten. Heute machten wir einen langen Spaziergang mit unserer Ärztin, cooles Ding, da wir uns gegenseitig mit Schneebällen bombardierten, auch die Therapeuten. Ich male viel und spiele Gitarre und habe mein Zimmer gemütlich eingerichtet, das trägt zu meiner guten Stimmung bei. Außerdem höre ich ohne Ende Musik, denn auf TV kann ich gut verzichten.

Das war der Anfang meines neuen Lebens. Die Therapie war die beste Entscheidung. Am zweiten Weihnachtsfeiertag war ich sogar draußen, bei Oma. Doch mein extremer Lebensstil brachte mich auch ohne Gift fast um. Ich fing an, morgens um 4:00 Uhr aufzustehen, um Brötchen zu backen. Irgendwie versuchte ich, mich mit Arbeit dicht zu machen. Mein Wahn brachte mich schließlich ins Krankenhaus. Die Therapie wäre am 15.2. abgeschlossen gewesen, da ich aber erst am 13.2.1999 aus dem AK Ütersen entlassen wurde, verlängerte ich freiwillig um einen Monat.

Ütersen, den 18. 1. 1999
Kreiskrankenhaus

Um 11:15 Uhr Abfahrt ins Krankenhaus. Hörsturz. Zehnmal versuchten die Schwestern, eine Braunüle zu legen, fanden jedoch keine Vene. Mit örtlicher Betäubung einen Katheter zwischen dem Schlüsselbein reingeschoben bekommen. Bin auf einem Fünfbettzimmer gelandet. Der Jüngste ist achtzig. Ja, ja.

Bokholt, den 27. 2. 1999

Habe lange kein Tagebuch geführt, was unter anderem an meinem Hörsturz lag. Bin jetzt in den letzten Zügen, also noch vierzehn Tage. Lange hat's gedauert. Habe mich für die Nachsorge im Seehaus[6] angemeldet und ein Erstgespräch gehabt. In letzter Zeit passiert bei mir so viel. Petra… schwer zu sagen. Weiß gar nicht wo ich da anfangen soll. Cool? Lieb? Eine Wellenlänge mit Kanten? Ich mag sie sehr gerne und noch mehr. Eigentlich wollte ich mich ja auf keine Frau mehr einlassen, jedenfalls nicht in diesem Leben, aber das hat sich nun mal so ergeben. Aus Hoffnung, Liebe, Geduld und so.

---

[6] »Seehaus Hamburg«: Ambulantes Suchtberatungs- und Behandlungszentrum

Landgericht Hamburg, den 2. 3. 1999

An Ulrich Koch
Talstraße

>>Sehr geehrter Herr Koch,

die Zurückstellung der Strafvollstreckung
(§35 BtMG) wird widerrufen, weil Sie die
Aufnahme und die Fortsetzung der Behandlung nicht nachgewiesen haben.

Hochachtungsvoll, Staatsanwalt<<

DER KNACKI

Einst saßen wir traurig beisammen
Die Fenster mit Gittern verhangen
Es wollte ein Mädchen uns besuchen
Ja, die Feile war schon im Kuchen
Doch der Wärter ließ sie nicht rein
Denn so eine war für nen Knacki zu fein

Als man uns schließlich entlassungsreif fand
Reichte uns selbst der Wärter die Hand
Doch wohin in der eisigen Nacht?
Uns treibt eine starke Macht!
Denn wir wollen auf Biegen und Brechen
Uns für die Jahre im Knast furchtbar rächen

Zuerst einen Raub
Dann schnell aus dem Staub
Dann noch ein Mord
Und dann nichts wie fort
So wie wir die Bullen foppen
Können uns nur noch Kugeln stoppen

Jetzt zählt wie nie, denn sie wollen auf dich drauf:
Knacki, lauf, lauf, lauf!

Nächstes Delikt
Mit Geklautem bespickt
Der Bulle hinter mir
Brüllt wie ein Tier:

Halt, oder ich knall dich ab!
Man, hält der mich auf Trab

Dann höre ich nen lauten Knall
Ich merke nur noch wie ich fall
Und spür, auf Intensiv erwacht
Der Schuss hat mich zum Krüppel gemacht
Doch darüber hab ich nur müde gelacht
Denn das hat mir Mut zum Rächen gemacht

Selbst der Teufel schreit ganz laut:
Knacki, lauf, lauf, lauf!
Denn ein Knacki gibt nicht auf.

Untersuchungshaftanstalt Hamburg, den 12. 4. 1999
Haus A, Zelle 10

Sehr geehrter Herr Staatsanwalt,

Hiermit bitte ich um Haftunterbrechung aus folgenden Gründen: Vom 19.10.1998 bis 15.3.1999 habe ich
eine Entgiftung und Therapie in der Fachklinik Bokholt abgeschlossen. Während der Therapie ist mir §35
BtMG auf das Aktenzeichen 1605 Js 1818/97 ausgesprochen worden. Jedoch hatte ich versäumt, die Aktenzeichen aus '94, '95 und '96 in den Antrag mit ein-
zubeziehen. Nach meiner Entlassung aus der Therapie begann ich eine Nachsorgetherapie im Seehaus,
wurde jedoch am 9.4.1999 aufgrund der fehlenden

Anträge verhaftet. Meine Wohnung wird noch von der Sozialbehörde bezahlt, doch diese Zeit läuft sehr bald aus. Diese kann ich von hier aus nicht mehr lange halten und werde so bald gezwungen sein, sie aufzugeben. Nun bitte ich sie, eine Haftunterbrechung zu prüfen und mir diese bis zur Entscheidung nach §35 zu gewähren.

In der Hoffnung auf ~~positive~~ baldige Antwort, Ulrich Koch

Das war ein großer Denkfehler von mir, und es dauerte lange, bis ich das verstand. Als ich am 15.3.1999 endlich wieder nachhause kam, quoll mein Briefkasten schon über. Darin war eine Aufenthaltsermittlung der Staatsanwaltschaft. Die wollten eigentlich nur wissen, wo ich mich aufhielt, beziehungsweise ob ich auch noch in Bokholt war. Ich hatte denen ja geschrieben, doch ich gab den Brief einer Therapeutin, zwecks Briefmarke und Post, die ihn mir am nächsten Tag wieder zurückgab, weil sie auch keine Briefmarke hatte. So geriet der Brief in Vergessenheit und damit auch die wirkliche Ursache des Problems. Ich rief, noch bevor ich meine Wohnung betrat, bei der Staatsanwaltschaft an, um die Lage zu checken. Ich fühlte mich nämlich nicht mehr sicher, weil auch ein Strafantritt dabei war. Ich erklärte der Dame am Telefon, dass ich gerade aus der Reha kam. Es war nur die Vertretung, die mir sagte, ich solle sofort vorbeikommen und meine Therapieunterlagen vorlegen, damit sie die Haftbefehle aus dem Verkehr ziehen könne. Da war nämlich nicht nur einer draußen. Ich fuhr mit dem Taxi und dem ganzen Papierkram zum Karl-Muck-Platz, legte alles hin, sie sagte, ich hätte noch mal Glück gehabt und wünschte mir alles Gute. Die Dame nahm drei Haftbefehle aus dem System. Es waren aber vier draußen.

Zwei Wochen später standen sie bei mir vor der Tür und verhafteten mich. Mit einem Haftbefehl für acht Monate. Ich fragte immer wieder, warum das denn nötig sei, aber keiner wusste Bescheid. So musste ich wohl oder übel mitkommen. Der Bulle wollte, dass ich meine Sachen packte, aber ich war mir sicher, dass ich nichts mitnehmen musste. Es handelte sich schließlich um ein Missverständnis, welches ich gleich beim Richter aufklären wollte. Dass ich dazu keine Gelegenheit bekam, wusste ich da noch nicht. Ich befand mich auf direktem Weg ins Untersuchungsgefängnis. Gehen sie direkt in den Knast, gehen sie nicht über Los. Das war der Schock meines Lebens. Ich durfte noch telefonieren, aber ich erreichte keinen.

Landgericht Hamburg, den 20. 4. 1999

An Ulrich Koch
z.Zt. Untersuchungshaftanstalt
Holstenglacis

»Sehr geehrter Herr Koch,

Auf Ihr Schreiben teile ich Ihnen mit, dass eine
Haftprüfung nicht möglich ist. Sie befinden
sich in Strafhaft für einen Bewährungswider-
ruf. Auf die Ladung - zugestellt am 25.11.98
durch Niederlegung - haben Sie nicht reagiert,
sodass Haftbefehl erlassen wurde. Die Zurückstellung der Strafvollstreckung, die drei andere
Verfahren betrifft, ist ebenfalls widerrufen
worden.
Es steht Ihnen frei, erneut einen Antrag gemäß
§35 BtMG für die Verfahren '97, '96, '95 und '94
zu stellen.

Hochachtungsvoll, StA«

Untersuchungshaftanstalt Hamburg, den 27. 4. 1999
Haus A, Zelle 10

Sehr geehrter Herr Staatsanwalt,

Ich habe am 19.10.1998 beschlossen, eine Entgiftung zu machen, um ein neues Leben zu beginnen. Das fiel mir keineswegs leicht! In der anschließenden Therapie wurde mir immer mehr bewusst, dass es ein Muss ist, ohne die Droge zu leben. Die Therapie wäre eigentlich am 15.2.1999 abgeschlossen gewesen, da ich jedoch in dieser Zeit einen Hörsturz hatte und ins AK Ütersen musste, verlängerte ich die Therapie aus freien Stücken um einen Monat. Mein letztes Thema dort war Kriminalität, und mir ist bewusst geworden, dass ich damit auf ewig zum Scheitern verurteilt bin. Die Dinge, für die ich verurteilt wurde, sind allesamt Beschaffungsdelikte, alles für die Droge. Ich kann Ihnen nur sagen, dass ich auf dem besten Weg bin, es mit einem ehrlichen Leben zu versuchen. Dazu habe ich mich bei einer Nachsorge im Seehaus angemeldet, wo ich in den ersten drei Wochen regelmäßig erschienen bin und Urinkontrollen abgegeben habe. Zu dieser Zeit habe ich mich sogar beim Arbeitsamt vorgestellt, um eine Umschulung oder Arbeitsvermittlung zu erreichen. Auf dem offenen Arbeitsmarkt war ich auch schon aktiv, leider ohne Erfolg, aber da ich Bäcker gelernt habe, bin ich diesbezüglich zuversichtlich. Um Langeweile und die damit einhergehende Rückfallgefahr zu mindern, habe ich mich für einen Computerworkshop und beim Sport angemeldet. Ich habe mich durch einen Fehler selbst in die jetzige Situation gebracht, ich habe nämlich vergessen, einen Nachsendeantrag nach Bokholt zu stellen, sodass mich der entscheidende Brief nicht erreichen konnte. Ich bitte Sie um Verständnis, ich hatte da einen ausgefüllten Tagesablauf.

Heute habe ich erfahren, dass ich nach Santa Fu[7] verlegt werden soll. Das macht mir große Sorgen, da ich das Gefängnis ja schon kenne und nicht weiß, wie stark ich dort sein kann, um einem Rückfall aus dem Weg zu gehen. Daher bitte ich sie um eine schnelle Entscheidung.

Ulrich Koch

---

[7] »Santa Fu«: Mit dem Begriff »Santa Fu« war immer die JVA Fuhlsbüttel, vormals JVA Am Hasenberge, gemeint und wurde von der Presse in den 70er Jahren verbreitet, nachdem mehrere Fluchten geglückt waren, die in Schlagzeilen wie »Santa Fu und raus bist Du!« thematisiert wurden. Der Begriff »Santa Fu« ist schon vor den 1970er Jahren entstanden und kommt von der alten Bezeichnung »Strafanstalt Fuhlsbüttel«, die im Verwaltungsdeutsch »St. Fu« abgekürzt wurde.

Santa Fu, den 20. 5. 1999
Anstalt 1A, Zelle 56

Das erste Mal telefoniert, mit Norbert, auf Band. Mein vierter Tag in Santa Fu. Ich denke an Petra, immer wieder. Ich möchte so gerne bei ihr sein. Was sie wohl gerade macht in ihrem neuen Zimmer?

22. 5. 1999 6. Tag

Du sitzt mit Antje auf der Fensterbank, berauscht von Cro-Mags[8], richtig gut. Du denkst an mich. Du fragst dich, was ich wohl gerade mache. Daniela, Antje und du geht gleich raus über die Felder, den verbotenen Weg. Du findest, dass ihr insgesamt etwas vorsichtiger sein sollt, man solle ja nichts überreizen. Den gestrigen Tag hast du als richtigen Flop empfunden, von wegen Wochenende, Hausputz hat sich auf Sonntag verschoben und die wenige Zeit, die dann noch bleibt, ist dir so kostbar. Du hast mit Antje das neue Zimmer, so gut es eben geht, eingerichtet. Die Poster habt ihr mitgenommen in euer kleines Reich, und überhaupt, ihr habt geiles Wetter, du kannst es oben nur noch mit dem Ventilator ertragen. Du wünschst mir erstmal alles Liebe.

Sei meine Göttin, Petra!

---

[8] »Cro-Mags«: US-amerikanische Hardcoreband aus New York City

Sei stark, aber nicht brutal!
Sei hart, aber benutz mich nicht!
Liebe mich!

24. 5. 1999 8. Tag

Wecken, Frühstück, Freistunde, danach duschen, ab-
legen, Mittagessen, denn etwas Warmes braucht der
Mensch, Freistunde, der Pastor schaut vorbei und
entschuldigt sich, dass er gestern nicht kommen
konnte, Abendbrot, Büchertausch und Ende. Ein
Montag im Totenhaus von Santa Fu, Anstalt 1A. Was
soll das sein? Tod in Raten? Tot im lebendigen Körper, so, dass der Körper gerade noch lebt, bis man sich
wieder an die Drogen gewöhnt hat. Dann schlafen bis
zur Besinnungslosigkeit.

SAT 1
20:15 Wolfs Revier
22:15 Alpha Team

RTL
20:15 Columbo
22:15 Die Wache
23:10 Operation Phönix

VOX
20:15 Mission Erde: Sie sind unter uns
21:10 Highlander

ZDF
23:00 Ein Mord danach

25. 5. 1999 9. Tag

Das Totenhaus heißt so, weil es die ruhigste Anstalt in Santa Fu ist. Kaum 100 Mann sitzen hier ein, die 23 Stunden am Tag unter Verschluss sind. Dort wartest du darauf, in die richtige Anstalt verlegt zu werden, je nach Länge der Strafe. Darüber entscheidet die Kommission, das sind der Anstaltsleiter, ein Jurist und noch so ein Tier ohne Gnade. Wann das passiert, weiß ich nicht. Ich soll also drei bis sechs Wochen warten und dann entscheiden drei Personen in ein paar Minuten über mein weiteres Leben. Bei mehr als drei Jahren, die ich sicher bekomme, bringen sie mich in Anstalt 2 für Langzeitstrafen. Sobald ich dort eine Zelle zugewiesen bekomme, habe ich keine Chance mehr auf offenen Vollzug und lande ohne Wenn und Aber endgültig im Knast. Dann ist alles aus, ich schaffe das nicht noch einmal. Hoffentlich beeilt sich das Amtsgericht mit meinem Antrag.

26. 5. 1999 10. Tag

Du bist irgendwie nicht so richtig da. Die neunte Klasse einer Hamburger Hauptschule ist zu Besuch und ihr sitzt alle zusammen draußen. Die Gruppe beantwortet Fragen zum Thema Drogen und Therapie.

Du sollst »was dagegensetzen«, doch das ist es ja eben, du weißt nicht was. Du hattest ein gutes Gespräch mit Thomas, seine Worte waren wie ein Spiegel für dich. Es tat dir weh. Du willst einen Besuchsantrag für mich stellen. Wolle lässt mich lieb grüßen.

Manchmal denke ich, ich sollte einfach liegen bleiben bis ich durch bin. Nichts essen und nichts trinken, so geht's schneller. Du hast mich mit deiner Post, unabhängig vom Inhalt, schon wieder davon abgebracht.

Lass mich einfach traurig sein,
Wenn die Tränen kommen.
Kannst du sie sehen, ohne Angst?
Wenn die Gesichtszüge entgleisen,
Kannst du hinsehen, ohne zu erschrecken?
Wenn die Stimme brüchig wird,
Kannst du zuhören, ohne Worte,
Wenn das Schweigen lang wird?
Kannst du bei mir sein,
Wenn die Trauer wiederkommt?
Lass mich einfach traurig sein.
~~Hier ist meine Hand~~ Komm und gib mir deine Hand!

27. 5. 1999 11. Tag

Kaffee und Zucker bekommen, läuft bei mir, wenn auch langsam. Die Zeit ist stehen geblieben und doch dauert sie zu lang. Meine Gefühle zu dir sind wie ein aufgewühlter Ozean. Je ruhiger er wird, desto dunkler werden die Bilder von dir. Es ist mir nicht möglich, darin zu schwimmen, denn die Länge und Breite des Ozeans lässt mich untergehen. Du hast mir mal gesagt, dass ich kämpfen soll. Ich kämpfe schon mein ganzes Leben lang und bin auch fast ertrunken. Nur durch Elemente von außen habe ich überlebt, obwohl sich sehr bald herausstellte, dass es sich bis jetzt nicht gelohnt hat, wieder aufzutauchen. Bis ich dich kennenlernte und du mein Dasein aufgewühlt und alles in Frage gestellt hast.

29. 5. 1999 13. Tag

»Ich schaue befremdet auf unser »Glück«. Bin süchtig nach der Hoffnungslosigkeit.

P.«

ZDF
20:15 Der Alte

RTL
20:15 Total verrückt
21:15 Die Camper
21:45 Das Amt

SAT 1
20:15 Verrückte Welt
21:15 Wolfs Revier

30. 5. 1999 14. Tag

Wer von uns will schon glauben, dass unsere Vorstel-
lung von der Wirklichkeit so provisorisch ist, dass die
Realität eigentlich undurchdringlich, und woran wir
uns erinnern, selten die Wahrheit ist? Auch wenn
nichts dabei rauskommt, es kommt doch etwas dabei
rum. Es läuft im Kreis herum. Denn Bewegung ist Leben und Stillstand ist Tod.

SAT 1
20:15 Star Trek IV
01:15 Heiße Girls

RTL
20:15 Das Fenster zum Hof
22:00 Das Dorf der Verdammten
ZDF
20:15 Von Fall zu Fall
23:15 Tod in den Augen
00:45 Straße der Verdammnis

ARD
22:25 Der unsichtbare Dritte
00:45 Vera Cruz

02:15 Die Puppe des Gangsters
03:50 Hexenkessel

4. 6. 1999 19. Tag
Anstalt 2, Zelle 4

Ich wurde heute vom Totenhaus in Anstalt 2 verlegt,
zum Glück nur auf die Zugangsstation. Erstmal. Ein
Flur mit 100 Zellen. Hier warte ich, bis alle Urteile gefällt wurden. Wenn das geschehen ist, bekomme ich
entweder meine Zelle zugewiesen, dann ist alles vorbei oder ich kann gehen. Solange ich hier bin, habe ich
noch Hoffnung, dass der Richter sich für mich entscheidet und ich doch noch mal rauskomme.

6. 6. 1999 21. Tag

Hat mich echt tierisch gefreut, dass du gekommen
bist. Das Warten auf Besuch, besonders bei dir, macht
mich ganz schön mürbe. Und dann nur dreißig Minuten, die besten Sachen fallen mir ja erst danach ein!

*Wenn ich gehe, solange du noch hier bist, solltest du wis-
sen, dass ich weiterlebe, nur tanze ich dann zu einer anderen Weise und hinter einem Schleier, der mich dir ver-
birgt.*
Du wirst mich nicht sehen, aber hab nur Vertrauen.

Ich warte auf die Zeit, da wir gemeinsam neue Höhen er-
klimmen, einer des anderen wahrhaftig.
Bis dorthin, leere du den Becher deines Lebens bis zur
Neige, und wenn du mich brauchst, lass nur dein Herz
mich leise rufen - ich werde da sein.

Wenn das nicht alles so traurig wäre, müsste ich lachen. Beim Entzug reagiert der Körper, im Knast ist
es der Geist.

12. 6. 1999 27. Tag

>>Dein Befinden stimmt mich traurig, deine Zei-
len empfange ich mit Freuden. He, gib nicht
auf! Deine Gedanken sind frei, niemand kann
sie verhindern. Gedanken sind Energie und ich
sende meine Gedanken zu dir, so musst du
dich nicht mehr so einsam fühlen. Vielleicht ist
das ein kleiner Trost. Heute feiern wir meinen
Abschied in Bokholt. Die anderen sitzen unten
am Feuer und ich habe mich mal wieder abge-
setzt, nachdem ich in der Küche Blätterteigröll-
chen mit Schafskäse gefüllt und Bananeneis zubereitet habe.

Habe endlich deine Tante Gerda erreicht, die
hört sich ja echt nett an! Aber auch besorgt.
Vielleicht kommt sie dich morgen besuchen,
ich hoffe es für dich. Ulli, ich habe jetzt die

Anschrift von der Staatsanwaltschaft und sobald meine Ärztin wieder da ist, werde ich mit
ihr sprechen. Vielleicht kann sie ja etwas für
dich an deinen Staatsanwalt schreiben. Ich
gehe immer wieder deine Unterlagen durch,
kann aber nichts finden, was mich schlauer
macht. Um welche Strafsachen handelt es sich?
Hilflosigkeit - Denken ist der Tod. In den letzten beiden Nächten träumte ich heftig von Tod,
Drogen, Sehnsucht und Gewalt. Aber ich hatte
ein gutes Gespräch mit Thomas. Ich bin auf ihn
zugegangen und habe mich mit zwei Kaffee zu
ihm an den Tisch gesetzt. Daraus sind dann
zwei Stunden geworden. War aber richtig geil,
haben herausgefunden, dass ich zwar viele
Kontakte, dennoch keine wirklichen Beziehungen in der Gruppe habe. Antje ist jetzt mit
Wolle zusammen. Ich bin echt froh, dass ich
heute hier rauskomme. Schreib mir bitte, ich
warte jeden Tag auf Nachricht von dir!

In Gedanken bei dir, Petra«

13. 6. 1999 28. Tag

Grenzwertiges: Thomas meint also, dass du keine Beziehungen in der Gruppe hast, doch was für Beziehungen meint er denn? Es gibt x verschiedene Beziehungen, Beziehungen zu anderen Menschen,

Beziehungen zu einem selbst, Beziehungen zum Körper und zur Seele. Dann habe ich weitergedacht, Seele, was ist das, Körper, was ist das? Der Körper muss funktionieren, wenn was kaputt ist, geht man zum Arzt oder ins Krankenhaus und lässt es reparieren bis zu einem gewissen Punkt. Die Seele denkt und die Gedanken sind frei (hast du selbst geschrieben). Na klar, die sind frei, hier drin so wie draußen, aber geht es nicht noch weiter, wenn der Gedanke den Körper verlässt? Ist der Geist wirklich die Seele und braucht er überhaupt einen Körper, um zu existieren? Das Ganze jetzt auf dich und mich bezogen oder auf die Gruppe, das sind nur zweiundzwanzig Leute, wo es doch aber Millionen Seelen auf der Welt gibt. Jede Seele kann mit jeder anderen Seele mehrere unterschiedliche Beziehungen eingehen, eingeschlossen mit sich selbst. Es kommt aber immer darauf an, ob man sich gegenseitig annehmen kann. Ich schreibe das, weil ich mir eigentlich vor Bokholt vorgenommen hatte, keine Beziehung jeglicher Art mehr einzugehen. Doch als du dann dazukamst, war das ein Treffer von 1 : 1.000.000. Deshalb vermisse ich unsere Gespräche. Natürlich bin ich auch eifersüchtig, mal auf Körperliches, mal auf Geistiges, das du mit anderen so austauschst. Denken ist anstrengend und konzentrieren noch viel mehr. Haben wir uns nicht deshalb »weg« gemacht, weil wir nicht weiterdenken wollten? Weil es eben leichter ist, zu fliegen? Das sprudelt jetzt nur so aus mir raus, weil ich hier nichts anderes habe, und nachts, wenn es ruhig ist, fange ich wegen nichts an zu grübeln. Ich nehme irgendetwas

64

wahr und es geht ab. Die Gedanken sind frei, weshalb ich auch meistens bei dir bin.

16. 6. 1999 30. Tag

Hallo ihr zwei,[9] habe heute versucht, anzurufen. Wollte wissen, ob Petra was gesagt hat wegen Besuch, da ich letzte Woche keine Post von ihr bekommen habe. So weiß ich natürlich wieder mal nichts und es geht mir nicht gut, hier zehrt alles an meinen Kräften. Dabei passiert hier gar nichts, ich komme mir vor wie im Zoo. Mein Kopf ist voll und doch herrscht gähnende Leere. Ich weiß auch nicht, was ich euch noch schreiben soll. Es dauert bestimmt noch zwei bis drei Wochen, bis das Geld von Anstalt 1A nach Anstalt 2 kommt und ich wieder telefonieren kann. Besuchszeiten sind Mo – Do: 17:00 - 18:45, Sa – So: 13:15 - 15:00 + 16:00 - 17:45. 30 Minuten vorher ist Einlass. Wer zu spät kommt, kommt nicht mehr rein. Wenn Petra sich meldet, sagt ihr mal, dass ich auf Post oder Besuch warte.

20. 6. 1999 35. Tag

Der kleinste Windstoß versetzte mich bereits früh in flüchtige Bewegung und bedrohte mich. Vor nichts war ich sicher, wie Gras im Wind. Ich wünschte mir

---

[9] Gerda und Norbert

eine glitzernde Eisschicht, als Schutz um mich herum. Doch ich erhielt nur trügerischen Glanz, denn innen wurde ich kalt und außen zerbrechlich. An Schnee kannst du nichts binden, der Tod lockt verführerisch. Ich musste meine Wurzeln neu entdecken, leben will ich, wie du, nur das gibt mir einen Sinn. Auch wenn ich mich heute noch gelegentlich im Wind drehe, werde ich vom Sein gehalten. Durch diese Kraft fühle ich, dass ich am Leben bin. Selbst wenn ein Sturm mich knickt, ich weiß, er kann mich nicht zerbrechen. Denn ich lebe.

DER ANFANG MEINER ZWEIFELHAFTEN KAR-
RIERE

1959 geboren, wuchs ich bei Oma, Opa und Opas Dackel Waldi in einem Einfamilienhaus mit großem
Garten in Marne auf. Entstanden bin ich bei einem
One-Night-Stand in der Schweiz. Meine Großeltern
boten Elfi an, mich mit den anderen fünf Kindern
großzuziehen. Meine Tante Gerda übernahm den
Part des Babysitters und da mir der Verwandtschafts-
grad nicht bewusst war, dachte ich lange Zeit, sie sei
meine Schwester. Umso skeptischer war ich dann, als
sie Norbert kennenlernte. Ihr »neuer Freund«, erklärte sie mir vorsichtig. Norbert hatte einen anderen
Dialekt, denn er war Österreicher. Ohne Frage ein
netter Typ, aber ich hatte Verlustängste.

1962 wurden Hamburg und die Nordseeküste von
einer Sturmflut heimgesucht. Soldaten mussten den
Deich in Friedrichskoog befestigen, von dem wir ca.
5,6 km entfernt wohnten. Über Nacht wurden sie auf
die umliegenden Häuser der Anwohner verteilt. Die
Soldaten bei uns im Haus, brachten mir das Zähne-
putzen bei und einen erwischte ich dabei, wie er gerade in einen Blumentopf pinkelte. Opa nahm mich in
den ersten Lebensjahren oft mit in seinem LKW, da er
als Fahrer bei »Matzen« arbeitete. Dort fuhr er Ge-
treide, später stieg er auf Linienbusse um. Er war
mein bester Freund. Da passierte einiges, Feuer im
Führerhaus, ein Fahrraddieb und einmal biss mich
der weiße Spitz von Tante Gertrud aus Gardeland bei

Neumünster ins Bein. Man konnte die Zähne von außen sehen. Der Hund wurde erschossen.

1964 meldete sich dann meine Mutter. Sie brachte Horst mit, und die beiden hatten schon alles klar gemacht, eine Wohnung in Altena Westfalen, die wir vorerst zu dritt bewohnten. Ich hatte keinen Bock auf Bruder oder Schwester, aber meine Mutter war bereits schwanger. 1965 starb mein Ururopa. Der war noch aus dem Kaiserreich und besaß einen getrockneten Kuhschwanz, mit dem er gerne drohte. Er hinterließ eine Wohnung in Neumünster. So zogen wir, kurz nach meiner Einschulung, nach Neumünster. Im selben Haus wohnten zwei Rentnerinnen, Tante Marta und Meta Plettner. Die hatten eine Sammlung Zigarrenetiketten unter Glas. So bin ich auf den Sammeltrip gekommen, denn das sah tierisch gut aus. »Alles angucken, nichts anfassen«, von denen habe ich das. Die Omas verwöhnten mich richtig. Am Haus hatten wir einen Rebstock, mitten in der Stadt. Die Kinder aus der Nachbarschaft fraßen die Trauben ab und ich konnte meine Schularbeiten darin verstecken.

Im selben Jahr kam mein Stiefbruder Thies zur Welt. Man schob mich in eine Abstellkammer und Thies bekam sein eigenes Reich. Das war der Anfang meiner zweifelhaften Karriere. Er wurde von meinem Stiefvater Horst bevorzugt, was lange gut ging, bis mir die Sicherung durchbrannte, ich auf Thies losging und ihn verletzte. War ja klar, es musste was mit mir passieren. Einen Tag später ging ich auf den Jahrmarkt und kam von dort zu spät zurück. Meine Mutter schrie sich in Rage, gleichzeitig holte sie einen

Kochlöffel aus der Küchenschublade und ich musste mich bücken, sodass ich in dieser Nacht auf dem Bauch schlafen musste. Die Verspätung war nur das I-Tüpfelchen für Elfi und Horst, denn die waren sich längst einig. Ich musste ins Heim für schwer erziehbare Kinder. Meine Mutter kam nachts zu mir und wollte es mir erklären, doch ich war gerade auf dem Weg nach draußen. Sie dachte, dass ich abhauen wollte, dabei holte ich nur meine Schulhefte, die ich im Rebstock versteckt hatte. So kam ich am 5.5.1969 ins Freiwillige Erziehungsheim Rendsburg-Schleife. Muttern sagte noch: »Ulli, mein Jung, das ist ja nur für ein halbes Jahr.« Tja, ich wurde 1973 erst wieder entlassen. Da war aber alles schon zu spät.

20. 7. 1999 65. Tag

»Für einen Freund: In mir ist eine Leere, das Gefühl von Einsamkeit und wieder versagt zu haben, wieder ein Schritt daneben. Die Tage vergehen und ich wollte meine Sehnsucht nicht mehr spüren und will es auch jetzt nicht - Rückfall. Nächste Woche ziehe ich nach Hasselbrook in die Nachsorge-WG. Gerade bin ich in Hannover, im Keller meiner alten Wohnung. Ich halte Ausschau nach Sachen von mir. Das ist ja immer irgendwie spannend, aber auch nervenaufreibend, so viele Erinnerungen, die mir da entgegen stolpern. Ich fand ein großes, schönes Foto von mir. Es tut weh, jetzt wo das

Sterben mich wieder einholt. Ich sammle meine Lieblingsplatten zusammen, darunter auch »Slime«, die schwarze, unzensierte und »Front Line Assembly«. Ich nehme sie mit nach Hamburg, obwohl ich keinen Plattenspieler habe. Die Zeit steht still, mein Körper schreit nach Freiheit. Eine Dimension weiter habe ich dich gekannt. Meine Liebe starb in deiner lichtgeleckten Zelle. Ich hoffte mit Verstand und wurde von der Dunkelheit geweckt. Schon allein das Wort »Verstand« gibt mir ein Gefühl meilenweiter Entfernung. Komme dich am Sonntag besuchen, als eine gute Freundin.«

Das Gehirn arbeitet weiter, aber der Rest ist gelähmt und starr. Wenn du lachst, sprengt das alles. Ich kann dich sehen, ich kann dich fühlen, ich kann dich riechen und ich kann dich schmecken. Aber ich kann dich nicht berühren. Ich habe mich fallen lassen und nun falle ich immer weiter.

Übrigens war das Kinderheim das Beste, was mir passieren konnte, wirklich. Ich habe mir da sehr viel Wissen angeeignet, zum Beispiel über Holz- und Metallarbeiten. Wir bekamen aber auch schulische Nachhilfe von den Erziehern. Wenn man sich nichts zu Schulden kommen ließ, durfte man nach drei Monaten in die Stadt und dort regelmäßig zur Schule gehen. Das Heim muss man sich so vorstellen: ein Sportplatz, am oberen Ende das Hauptgebäude, in dem sich Verwaltung und Küche befanden und auf der linken Seite drei Häuser, in denen wir Kinder wohnten. In jedem Haus lebten zwei Gruppen und eine Gruppe bestand aus neun bis fünfzehn Kids. Piraten und Klabautermänner, Normannen und Wikinger und zuletzt Störtebeker und die Neuen, die erstmal von den Erziehern bewertet und dann auf die Gruppen verteilt wurden. Wir, die Normannen und Klabautermänner, waren die Guten und man belohnte uns regelmäßig mit Ausflügen. Aber bloß, weil wir nie erwischt wurden und diese Erfahrung hat mich, glaube ich, geprägt. Wir knackten Kaugummi- und Zigarettenautomaten. »Supra« gab es da, alles unter dem Radar der Erzieher. Einmal klauten wir die Gemeinschaftskasse, was auch nie aufgeflogen ist. Die Wikinger und Störtebeker waren die Kriminellen. Es gab zwar keine Schläge, aber Hausarrest und solche Sachen. Zwischen den Gruppen befand sich in jedem Haus ein Tischtennisraum, der die Grenze bildete. Gegenüber von unseren Wohnhäusern, auf der rechten Seite, befanden sich vier Bungalows, die von den Erziehern und ihren Ehepartnern bewohnt wurden. Am unteren Ende stand die Werkstatt. Ich trug mich für die Werkgruppe ein. Unser Meister war genial, er erklärte mir alles über Holz. Wir bauten zum Beispiel ein Fort in Originalgröße für die Waisenkinder, deren Haus sich ebenfalls am unteren Ende neben der Werkstatt befand. Es war die geilste Zeit meines Lebens.

1973 kam ich dann wieder nachhause, jedoch nicht für lange, denn die Situation zuhause hatte sich in der Zwischenzeit nicht verbessert. Ich suchte mir neue Freunde, von denen ich anerkannt und akzeptiert wurde. Die meisten waren älter als ich und kamen aus der JVA Neumünster. So befand ich mich in einem Umfeld, wo nur von kriminellen Machenschaften gelebt wurde. Ich war mit Zigeunern zusammen, die mich zum Klauen abrichteten. Dabei war Schule nicht wichtig. Die erste Sexualität, sowie Alkohol und Erpressung, das war Schule. In der siebten Klasse war für mich dann Schluss damit.

Landgericht Hamburg, den 1. 8. 1999

An Ulrich Koch
z.Zt. Am Hasenberge

»Sehr geehrter Herr Koch!

Auf Ihre Schreiben vom 27.4.1999 teile ich Ihnen mit, dass ihr Antrag auf Zurückstellung der Strafvollstreckung für eine ambulante Therapie hier vorliegt und auf alle zu vollstreckenden Urteile erstreckt wird. Eine Entscheidung ist nicht kurzfristig zu erwarten, weil noch Ermittlungen nach Ihren Lebensverhältnissen unter den Bedingungen der Freiheit angestellt werden müssen und die Gerichte, die sie seinerzeit verurteilt haben, zu beteiligen sind.«

Gehen wir doch mal zurück zum zweiten Weihnachtsfeiertag 1973. Denn das war so ein Tag, den ich nie vergessen werde. Ich bekam von meinen Zigeunerfreunden den Auftrag, einen Mercedes 280 flach zu legen, also alle vier Räder zu klauen. Sie hatten schon alles ausgespäht: eine Tankstelle, die auch Gebrauchtwagen verkaufte, auf der Rückseite von einer mannshohen Mauer begrenzt, dahinter ein Bahnhof und zwei Ausfahrten nach vorne zur Straße raus. Bei der hinteren Ausfahrt, in einer versteckten Ecke, stand der 280er. Zuhause hatte ich meiner Mutter erzählt, im Jugendzentrum sei eine Weihnachtsparty und mich dann auch glaubhaft gekleidet, bevor ich im Dunkeln das Haus verließ. So ging ich im Anzug los, um Reifen zu klauen. Eigentlich ging es um die Alufelgen, die zu dieser Zeit gerade auf den Markt kamen. Ich sollte dafür fünfhundert Mark bekommen und zwar vom Bruder des Typen, für den ich immer zockte. Der war nämlich zu Besuch aus Berlin und fuhr so einen Mercedes. Es waren insgesamt drei Brüder. Da gab es noch einen dritten, den noblen Bruder. Das war so ein Anzugtyp, noch mal eine Klasse drüber. Das hieß, er fuhr einen 380er und hatte ein fettes Haus. Der schenkte mir später einen Ford Taunus als Wiedergutmachung, denn sein Bruder aus Berlin, der die Felgen bei mir bestellte, war nicht so großzügig. Doch erstmal musste ich die Räder abmontieren.

Es lief alles gut, schnell und sauber, einen Wagenheber hatte ich dabei, Steine fand ich auch gleich, sodass ich den Wagen locker auf vier Ziegelsteine aufbocken konnte. Ich montierte drei Räder ab, bis ich beim vierten Rad, dritte Mutter, im Augenwinkel einen Bullenwagen langsam vorbeifahren sah. Mir wurde heiß, trotz der Kälte, und ich versteckte schnell das Drehkreuz unter dem Auto. Erstmal schauen, wo die hinwollen, doch dann kam ein zweiter Bullenwagen und die hintere Ausfahrt zur Straße war blockiert. Ich überlegte, über das Tankstellendach zu fliehen, aber das war mit Stacheldraht versehen und da kam auch schon ein dritter Bullenwagen. Ich sah keine Chance, zu entkommen. Also beschloss ich, mich zu stellen, so würde es beim Versuch des Diebstahls bleiben. Schadensbegrenzung. Ich ging auf die Polizisten zu und als ich immer dichter kam, hörte ich, dass sie sich über den Preis eines ausgestellten BMWs unterhielten. Langsam ging ich immer weiter auf die Beamten zu, tat interessiert, blieb zehn Sekunden bei ihnen stehen und schlenderte dann weiter auf die gegenüberliegende Straßenseite, wo ich so lange wartete, bis sie sich, einer nach dem anderen, endlich verpissten. Ich, wieder hin, löste die letzten zwei Radmuttern, warf die vier Reifen wie besprochen über die angrenzende Mauer und ab dafür, der Job war erledigt, im Anzug.

Mein Geld sollte ich am nächsten Tag um 12:00 Uhr in der Stadt abholen. Ich hatte mich so auf die Kohle gefreut, dass ich nicht daran zweifelte, sie zu bekommen. Die Felgen waren ja schließlich für ein Familienmitglied meines Freundes. Doch der holte die Räder in der Nacht ab, montierte sie am nächsten Tag auf seinen Mercedes und fuhr zurück nach Berlin, ohne mich zu bezahlen. Der Sack! Ich erzählte das natürlich meinem Freund und sogar seinen Eltern. Die täuschten zwar Empörung vor, aber das war's auch schon.

Justizbehörde Hamburg, den 8. 10. 1999

»Sehr geehrter Herr Koch,

Ihr Gnadengesuch vom 12.4.1999 wird hier unter dem obengenannten Aktenzeichen bearbeitet. Sobald die Nachprüfungen abgeschlossen sind, werden Sie unter der von Ihnen angegebenen Adresse schriftlichen Bescheid erhalten. Bis dahin wollen wir Sie bitten, auch wenn die Prüfung längere Zeit dauern sollte, von Rückfragen abzusehen.«

Ich war fast jeden Tag mit den Zigeunern zusammen. Wir beklauten Juweliere, während sie dabeistanden. Die Pläne machte nicht ich, ich klaute nur. Wir tauschten Zirkonia, künstliche Diamanten, die gerade in der Schmuckindustrie sehr beliebt wurden, gegen echte. Meine Freunde ließen sich Ringe zeigen und gaben Fälschungen zurück. Ich nahm mir währenddessen die offenen Vitrinen vor. Einmal klaute ich eine 9 mm bei »Waffen Meihs« in Neumünster. Ich nahm sie aus dem Schaufenster und steckte sie hinten in die Hose rein. Ich wollte ein bisschen im Wald rumballern. Ich hatte die Munition vergessen.

Das war 1973 während meiner ersten Lehre. Da konnte ich Geballer gut gebrauchen. Ich wohnte mitten im finsteren Wald in Aukrug bei Neumünster und sollte Bäcker werden. In Rendsburg war die Berufsschule und in den Pausen gingen wir LPs klauen. Bei Karstadt war immer nur ein Verkäufer anwesend, einmal konnten wir sogar die Kasse öffnen und Bargeld rausholen. Damals gab es noch diese alten Registrierkassen. Da musstest du nur auf einen Knopf drücken und das Ding ging auf. Die wurden später entsorgt. Wir suchten die Platten zusammen, die wir mitbringen sollten, brachten sie in Plastiktüten rüber zur Schule und verkauften sie direkt weiter. Das ging nur auf Bestellung, die Ware war also genau genommen schon verkauft, bevor wir sie überhaupt in den Händen hielten. Eine LP auf dem Schulhof kostete zwanzig DM, Limited Edition war teurer. Als ich dann eines Tages abhauen wollte, weil der Ausbilder mit einem Backschieber hinter mir herjagte, half mir die Dorfjugend von Aukrug. Ich war ja mitten im Wald, also gaben sie mir eine Karte. Ein Mädchen brachte mir sogar Frühstück in den Wald. Zwei Wochen lang hielt ich durch, dann musste ich nach Neumünster, um ein paar Sachen zu besorgen. Bei Karstadt erwischten sie mich dann. Aber nicht die Kaufhausdetektive, nicht die Kripo-Beamten, sondern mein Opa kam da um die Ecke! Er hatte meine Mutter dabei. Die wussten, dass ich klauen ging, denn Opa hatte einen siebten Sinn, anders kann ich mir das nicht erklären. Sie fingen mich ein, als ich gerade eine Jeans klauen wollte. Dann musste ich mitkommen. Tja, Flucht vorbei. Die Lehre wurde trotzdem hingeschmissen.

Aufgrund mehrerer Delikte trat ich im Januar 1974, ich war dreizehn und somit gerade noch nicht strafmündig, zum Jugendarrest in der Arrestanstalt Rendsburg an. Während ich mich schon auf die Entlassung freute, hatte ich Geburtstag und so bekam ich einen Tag vor der vermeintlich sicheren Entlassung einen Überhaftbefehl. Ich musste noch mal vor Gericht, denn da war noch einiges offen. Schließlich wurde ich als Vierzehnjähriger in die JVA Neumünster überführt.

Die JVA Neumünster befindet sich in der Boostedterstraße. Die längste Straße von Neumünster, denn, wenn man dort Halt macht, weiß man nie, wann man wieder weg kommt. Ich kam in den B-Bau, damals Jugend- und Neubau, gegenüber des Gerichtsgebäudes. Es war Januar, kurz nach meinem Geburtstag, und über Weihnachten und Silvester hatten viele Gefangene so viel Frust angestaut, dass sie ihre Zellen auseinandernahmen und alles aus den Zellenfenstern in den Freistundenhof warfen. Wir saßen in einem Neubau und die Fenster dort hatten keine Gitter wie man es so kennt, sondern die Stahlstäbe waren in Beton gegossen. Da wurde alles durchgehauen, es sind nicht nur Anstaltssachen rausgeschmissen und teilweise angesteckt worden, sondern auch private Dinge wie Radios, Klamotten und Lebensmittel. Was nicht durch passte wurde passend gemacht, zum Beispiel

Waschbecken, Toilettenschüsseln und Stühle. Am nächsten Tag sah der Freistundenhof aus wie in einem Endzeitfilm. Ich schloss mich natürlich dem Gruppenzwang an. Bis auf das Bettgerüst flog meine komplette Zelleneinrichtung raus. Auf meiner Seite des B-Baus waren ungefähr achtzig Zellen im Eimer. Es war Winter und arschkalt. Ich dachte, dass wir neue Zellen bekommen würden, aber Fehlanzeige. Wir mussten auf der kaputten Zelle unter Verschluss bleiben, bis sie renoviert war. Es dauerte mehrere Wochen. Das war schon schlimm, aber nichts im Vergleich dazu, was ich dafür bezahlen musste. Erstmal Geld, neunhundertachtzig DM für den entstandenen Schaden und vierzehn Tage verschärfte Isolierhaft. Ich fiel aus allen Wolken. An die Isolierhaft hatte ich dabei gar nicht mal gedacht, aber fast tausend Mark! Wofür? Ich bekam eine Aufstellung und einen »vierzehntägigen Arrest«, so nannten sie es intern. Nach dreizehn Tagen Isolierhaft bot die Haftrichterin mir für den letzten Tag drei Monate Haftverlängerung an. Was soll ich sagen, ich habe das Angebot angenommen. Versuch mal, ohne Handy in einem leeren Raum auch nur vierundzwanzig Stunden auszuharren.

16. 12. 1999 214. Tag

Zwischen Träumen und Hoffen dämmere ich dahin. Manchmal unfähig, zu sehen, zu hören, zu denken. In Gedanken kann ich die Mauern durchdringen, auf einer Wiese liegen und die Gefangenschaft abstreifen.

Farben sprühen los, Glückseligkeit breitet sich aus und ich beginne wieder klar zu sehen, klar zu hören und klar zu denken. Dann lebe ich wieder!

Amtsgericht Hamburg, den 19. 1. 2000

»Die Vollstreckung der Strafen aus den Urteilen vom 15.07.1998 (AZ 1605 Js 1818/97)
vom 21.03.1997 (AZ 102 Js 440/96)
vom 18.10.1995 (AZ 102 Js 1402/95) und
vom 27.09.1994 (AZ 124 Js 80/94)
wird mit Wirkung vom 17.12.99 für längstens zwei Jahre zurückgestellt, um dem Verurteilten die Aufnahme einer Heilbehandlung in der Einrichtung »Seehaus« zu ermöglichen.

Der Verurteilte hat die vorgesehene ambulante Heilbehandlung unverzüglich anzutreten. Der Verurteilte ist verpflichtet, den Antritt bzw. die Fortsetzung der Behandlung in Abständen von 2 Monaten durch Vorlage einer Bescheinigung der Therapieeinrichtung der Staatsanwaltschaft nachzuweisen (§35 Abs. 4 BtMG).

Eine Entscheidung über die Aussetzung der verbliebenen Strafe zur Bewährung (§36 BtMG) wird die Staatsanwaltschaft erst nach erfolgreichem Abschluss der Behandlung herbeiführen.

Richter am Amtsgericht«

Am 17.12.1999 wurde ich nach 30 Wochen und 4 Tagen aus Santa Fu entlassen. Ich war clean, abgesehen vom Hasch. Um aber nicht gleich wieder dort zu landen, brauchte ich absolut reinen Urin. Die wöchentlichen Urinkontrollen fanden im Seehaus statt. Ich wollte mich unbedingt »zu« machen, unter anderem wegen meines Scheiterns an Petra. Gift bleibt nicht so lange im Körper wie THC, dachte ich mir.

WENN DU EINE FLASCHE DABEIHATTEST, WARST DU IMMER WILLKOMMEN

13. 3. 2000
St. Pauli, Talstraße

Rückfall! Mir geht´s beschissen. Habe Petra zur Entgiftung nach Bokholt zurückgebracht. Es war mühselig. Ich hoffe für sie, dass sie durchhält. Im Seehaus gewesen und meinen eigenen Rückfall besprochen. Am Wochenende kann ich Norbert im Pudel helfen. Kommt echt gut, besonders jetzt. Ich versuche außerdem, selbst Arbeit zu finden. Heute morgen wurde ich bei der Zeitarbeit nach einer Dreiviertelstunde wieder nachhause geschickt. Unkorrekte Firma!

14. 3. 2000 Dienstag

Ich glaube, ich habe es bald geschafft. Meine Füße werden dick vom vielen Hin- und Herlaufen und Konsum, und wie die Lunge aussieht, will ich gar nicht wissen. Ich rede vom Tod, von Erlösung, von einem neuen Leben in Seelenform. Tut mir leid, ich habe meinen Lebenswillen wieder mal verloren. Ich merke, wie du dich bemühst, damit wir Freunde bleiben, aber so wie ich dich liebe, habe ich noch keine Frau geliebt! Ich komme gegen deine Lover nicht an und mache mir auch lieber keine Gedanken darüber, warum das so ist. Schade, dass du so einen vollgestopften Problemkopf hast, aber ich kann mich gut in dich hineinversetzen. Du offenbarst dich mir so, dass ich das Gefühl habe, du hast größtes Vertrauen zu mir. Du schenkst mir deinen Geist, aber deinen Körper darf ich nicht berühren. Ich will nicht nur mit dir schlafen, aber ich liebe dich!

15. 3. 2000 Mittwoch

Zeitarbeit ist Sklavenarbeit. Gerichtsvollzieher war da. Kommt nächste Woche wieder. Alfred hatte heute einen Termin in der kleinen Strafkammer. Habe ihm fünf Gramm Hasch zugesteckt, damit er durchhält. Alfred ist mein Pauker, das ist im Knast in etwa das gleiche wie eine feste Beziehung, nur ohne Sex. Wir lernten uns 1985 in Santa Fu kennen und verbrachten dreieinhalb Jahre zusammen auf einer Zelle. Letztes Jahr trafen wir uns im Knast wieder. Er hat noch ein halbes Jahr länger als ich, seine Entlassung ist im Juni. Alfred verlässt sich auf mich auch über den Knast hinaus. Er hat keinen anderen.

16. 3. 2000 Donnerstag

Heute morgen ab 6:00 Uhr aufgeräumt im Pudel. Um 9:00 Uhr bei der Zeitarbeitsfirma eingetroffen und von da mit dem Fahrrad zu den Messehallen gefahren. Heute Nacht kann ich in einer Bäckerei anfangen, gleich gegenüber von Gerdas und Norberts Wohnung.

17. 3. 2000 Freitag

»Du wirst immer mein Freund sein. Wenn du dich getröstet hast, wirst du froh sein, mich gekannt zu haben. Wenn ich tot bin, wirst du Lust haben, mit mir zu lachen. Du wirst dein Fenster öffnen, nur so zum Vergnügen und deine Freunde werden staunen, wenn sie sehen, dass du den Himmel anblickst und lachst. Du wirst sagen: »Ja, die Sterne, die bringen mich immer zum Lachen.« und sie werden dich für verrückt halten. Dann werde ich dir einen hübschen Streich gespielt haben.

Ein Menschenkind«

Im Dezember 1979 wurde ich nach fast sechs Jahren Haft aus der JVA Neumünster entlassen. Ein neues Leben sollte anfangen. Ich bestand meine Gesellenprüfung mit einer 3. Was nun? Zum Jahreswechsel ging es für mich ab nach Hamburg, zu Gerda und Norbert. Ich war neu in der Stadt und guckte mir alles an. Ich lief in die Schanze und blieb vor einer Kneipe stehen. »Angel Place«, sagte mir nichts, aber was da für geile Bilder an der Wand hingen! Motorräder in der Wüste, geile Mucke aus der Box, Nüsschen auf den Tischen, eine schöne Frau hinter dem Tresen und keine Sau da. Ich setzte mich an die Bar und bestellte. Nach und nach kam immer wieder einer in Kutte rein. Ich fragte: »Was sind das denn für komische Typen?« Die Frau hinter dem Tresen warnte mich, ich solle »ein bisschen runterfahren«. Da war es aber schon zu spät. Einer der komischen Typen sprach mich an: »Wer bist du denn? Komm mal mit an den Tisch. Kannst du Fingerhakeln?« Du sagst da ja nicht »nein« zu so einem Tier, denn du weißt, dass du da erstmal nicht wieder rauskommst. »Jo, dann lass uns mal Fingerhakeln.« Wir setzten uns gegenüber an einen Tisch und hakten unsere Mittelfinger ineinander. Na gut. Eins, zwei, drei - *knack*! Die Tränen kamen von allein, aber ich wollte nicht »Aua« schreien, also biss ich mir auf die Lippen. Ich blieb erstmal sitzen und dann unterhielten wir uns, denn ich erzählte, dass ich gerade aus dem Knast kam. Ich versuchte, psychologisch an die Sache heranzugehen. Der Typ, der mir den Finger gebrochen hatte, brachte mich dann tatsächlich nach St. Georg ins Krankenhaus. Aber erst nach zwei Stunden. Später habe ich die Hells Angels wiedergesehen auf dem Freistundenhof nach der Großrazzia 1983 in der Schanze. Bei einer ihrer Vorstandssitzungen im Angel Place bekamen sie überraschend Besuch von ein paar hundert Polizisten und wurden verhaftet.

Im Knast wurde unterschieden, ob du einer mit Gefühlen oder einer ohne Gefühle warst. Ich war immer »einer mit Herz«. In den Achtzigern gab es noch diese ganzen Gangs in Hamburg. Das waren welche ohne Herz. Zuhälterbanden, die versuchten, den Kiez zu regieren so wie die Mafia in Italien. Es gab die »GMBH«, das waren vier Typen und deren Anfangsbuchstaben, dann gab es noch die »Nutella-Bande« und die »Street Boys«. Ich weiß noch, wie Hentschel mitten im Interview einem Junkie, der was von ihm wollte, eine Ohrfeige verpasste, sodass der Junkie zu Boden fiel, und dann gleich weitererzählte. So ist der berühmt geworden. Kann man sich auf YouTube angucken. Wenn du heutzutage Typen wie den schönen Mischa auf der Straße siehst, fällt dir nichts mehr dazu ein. Früher sind die hier mit Lamborghinis rumgefahren und heute kann der ein oder andere die Bierknolle nicht mehr gerade in der Hand halten. Aber sich abfeiern lassen. Irgendwann sind diese Leute in den Sumpf gefallen und nicht wieder rausgekommen. Heute ist alles tot, guck dir das doch an. Die Geschäfte sind dicht, das Spielkasino ist zugemauert und die Bullen spazieren zu hunderten durch die Straßen, als ob das normal ist.

20. 3. 2000 Montag

Petra ist zurück aus Bokholt, »traurig, aber stark«. Sklavenarbeit hingeschmissen. Gerda und Norbert haben Wäsche gebracht. Zu Daniela gefahren und eine Sonne an die Wand gemalt.

21. 3. 2000 Dienstag

Die Zeitarbeit macht mich kaputt. Nicht körperlich, sondern psychisch. Bin gerade beim Arzt und lasse mich krankschreiben. Seehaus abgesagt. Keine Lust, mir meine Probleme immer wieder vorhalten zu lassen. Vielleicht muss ich ja noch mal nach Bokholt zur Entgiftung. Bock habe ich ja nicht, aber das wird wohl das Beste sein. Am liebsten mit Petra, das wäre schön, sehr schön. Mit ihr habe ich schon eine ganze Menge geschafft. Sie ist heute mit Bernd nach Hannover gefahren und besucht ihr altes Leben. Ich hoffe bloß, sie kommt morgen wieder. Ohne Bernd. Sie erzählte mir von ihren Ängsten, da musste ich an meine denken. Am Freitag waren Gerda und Norbert da. War mir peinlich, dass ich »zu« war. Ich weiß nicht genau, ob einer was bemerkt hat. Darüber zu reden fällt mir schwer, ich traue mich nicht.

Als ich 1980 nach Hamburg kam, hatte Norbert mir schon Arbeit besorgt. Als Koch im Marienthaler Tennis- und Hockeyclub. Beim Vorstellungsgespräch, was an einem Ausgangstag zur Entlassungsvorbereitung stattfand, hinterließ ich einen guten Eindruck und so konnte ich dort im Januar 1980 anfangen. Es herrschte ein herzlicher Umgang, jedenfalls der freundlichste, den ich bis dahin kannte. Alle wussten Bescheid, ich kam frisch aus dem Knast und der Chef Charly und seine Frau gaben mir eine neue Chance. Nach drei bis vier Wochen fühlte ich mich schon pudelwohl. Bernd, der Chefkoch, brachte mir jeden Tag ein neues Gericht bei und Charly sorgte dafür, dass ich gleichzeitig das Putzen der Kühlschränke, Töpfe und Pfannen nicht vergaß. Nach ziemlich genau einem Monat passierte etwas Merkwürdiges. Zwei PKW fuhren vor, die ich noch nie gesehen hatte. Da sich die Küche im ersten Stock befand und nach vorne raus lag, kannte ich die Autos, die da sonst verkehrten. Erst dachte ich mir so gut wie nichts dabei, aber als dann vier Personen, zwei links und zwei rechts, zu den Eingängen gingen und den Tennisclub betraten, bekam ich ein komisches Gefühl, sodass mir heiß und kalt wurde in meinen Kochklamotten. Am Tresen hörte ich einen der Männer fragen: »Arbeitet hier ein Ulrich Koch?« Die Kellnerin bejahte und kam mit den Typen in die Küche. »Kripo Neumünster.« Sie fragten mich, wo ich letzte Woche Donnerstag um 17:00 Uhr gewesen sei. Wie aus der Pistole geschossen, sagte die Kellnerin: »Ulli war hier.« Ich selbst antwortete nicht sofort, da ich völlig geschockt darüber war, dass die Kripo Neumünster gerade mal einen Monat nach meiner Entlassung schon wieder hinter mir her war. Ich war doch extra in eine andere Stadt gezogen und die mussten mich immer noch tangieren! Charly kam zu Hilfe und bestätigte die Aussage der Kellnerin. Die Männer nahmen es zu Protokoll und machten sich in ihren schönen Anzügen (die dachten wohl, sie fallen damit im Tennisclub nicht so schnell auf) wieder auf den Weg. Man, war mir das peinlich. Ich zitterte am ganzen Körper. Aber ich hatte neue Freunde gewonnen.

23. 3. 2000 Donnerstag

Krankmeldung bis zum 31.3. an die Zeitarbeitsfirma geschickt. Anschließend bis um 4:00 Uhr morgens in der Bäckerei gearbeitet. Bin jetzt mit Petra bei Mario. Wir ziehen uns eine Flasche Whiskey rein, muss mal wieder sein. Ich glaube, Petra gefällt es auch. Mario hat für uns die Adresse einer leerstehenden Dreizimmerwohnung aufgetrieben.

Meine erste eigene Wohnung in Hamburg befand sich im Einzelhaus meiner Tante Ulla in Wandsbek Gartenstadt, wo ich das obere Stockwerk bewohnte. Nach einem halben Jahr meldete Tante Ulla Eigenbedarf an, weil es da sehr hellhörig war und ich nur Party machte. Es gab eine Anliegerwohnung vom Tennisclub, eigentlich nur für Tennislehrer, die dort untergebracht werden sollten. Die Wohnung stand aber gerade leer. Dort konnte ich so lange bleiben, bis ich wieder anfing, Scheiße zu bauen. Unglücklicherweise traf ich in Hamburg Leute aus der JVA Neumünster wieder. Die Zwillinge aus Marne, die ich noch vom Dorf kannte und mit denen ich anschließend in Neumünster im Knast saß. Denen hatte ich mal ein Autogramm von Udo Lindenberg mit in die JVA gebracht. Das hatte ich von Gerda, die damals bei »Polygram« arbeitete. Ausgerechnet die Typen traf ich dann mitten in der Nacht am Hamburger Hauptbahnhof wieder. Wir feierten an der Alster und warteten auf Leute, die aus dem Hotel

Atlantic kamen und Kohle auf Tasche hatten, um sie auszurauben. Die Betroffenen hatten nicht mal eine Anzeige gemacht, aber die Kripo wurde trotzdem auf uns aufmerksam, denn wir hatten eine Minderjährige dabei, die aus dem Heim abgehauen war. Sie wurde ein paar Wochen später eingefangen und erzählte den Bullen einfach alles. Dann wurde ermittelt. Unsere Wohnungen wurden alle abgeriegelt. Sie fanden Fetzen der Papiere, die wir den Gästen abgenommen hatten. Bei mir fanden sie außerdem Blut im Bett. Die dachten, da sei sonst was passiert, und weil die Minderjährige zuletzt bei uns war, vermutete die Kripo eine Misshandlung oder so. Dabei war das Blut von irgendeiner Freundin, die bei mir übernachtet hatte. Sie hatte ihre Tage bekommen. Die nahmen das Laken mit zur Blutanalyse, wo sich dann herausstellte, dass das eine mit dem anderen nichts zu tun hatte. Ich traute mich trotzdem nicht mehr zur Arbeit im Tennisclub. Ich bin einfach nicht mehr hingegangen, denn Charly hatte einen richtigen Hals auf mich. Ich hatte meine neue Chance bei ihm verspielt. Nur Bernd, der Chefkoch, stand noch auf meiner Seite. Bernd vermittelte mir einen neuen Job im »Margot« in Denhaide, wo ich als Alleinkoch anfangen konnte. Ich hatte sogar Angst, meine Papiere im Tennisclub abzuholen. Das regelten dann die Pädagogen von Paul Borg für mich.

Damit alles besser wurde und ich wieder auf die gerade Bahn geriet, besorgten Gerda und Norbert mir 1982 einen Platz in der Jugendwohnung Paul Borg. Paul Borg war eine halbstaatliche Einrichtung.

Das heißt, die bekamen Geld vom Staat, für schwer erziehbare Jugendliche bis 31, der Laden wurde aber privat geführt von Pädagogen, mehr oder weniger. Die kamen allerdings nur einmal die Woche. Es gab drei solcher Häuser in Hamburg. Wir wohnten mit vier Frauen und vier Typen in einer Villa in Rahlstedt. Die Villa im Jugendstil war dreistöckig, weiß und mit einem Rasen davor, auf dem ein Pavillon stand. Ich war der Gruppensprecher. Alles was verboten war, erlaubte ich. Die wöchentlichen Besprechungen mit den Pädagogen gingen meist von 17:00 bis 20:00 Uhr. Da gab es Taschengeld für eine Woche und um 22:00 Uhr trafen wir uns dann ohne die Pädagogen im Traumtänzer zur sogenannten Nachbesprechung. Der »Traumtänzer« war eine alternative Kneipe vergleichbar mit dem Pudel, aber von Hippies geführt. Zumindest waren sie das in meinen Augen damals. Wir waren mehr so die Möchtegern-Rocker und führten uns auch so auf. Wir saßen meist im Wintergarten, von dem aus man direkt auf die Tonndorfer Hauptstraße gucken konnte. Das Haus, ein Plattenbau, gibt es heute auch nicht mehr. Wenn wir Nachbesprechung hatten, brachten wir zwei Kisten Bier und zwei Flaschen Bacardi mit. Wenn die leer waren, hatten wir meist schon einen Plan. Beim Saufen und Kiffen kamen uns dumme Gedanken und irgendwie ging es immer um Geld.

Um die Ecke war ein EDEKA Markt und eines Tages stand ein bisschen weiter ein 7,5 Tonner. Ich ging mit

90

meinem Mitbewohner Hansi vor zum Markt. Wir schlugen die Scheibe ein und hauten erstmal wieder ab, um zu gucken ob einer kommt. Doch da kamen die anderen schon mit dem LKW vorgefahren. Also stellten wir die Ware raus. Ich hatte schon fast alles, was ich haben wollte, auf die Straße gestellt, hauptsächlich Kippen und Alkohol. Während ich noch ein letztes Mal drin war, ging Hansi pissen. Plötzlich hörte ich, wie der LKW wegfuhr. Dann kam die Polizei ums Eck. Ich wurde verhaftet. Hansi ist abgehauen und konnte entkommen. Später habe ich erfahren, dass er sich ein Taxi nahm und zur Villa fuhr. Er hatte aber kein Geld in der Tasche. Der Taxifahrer brachte ihn gleich zur Wache. Hansi wurde auch verhaftet, damit waren wir schon zwei. Die Leute mit dem LKW fuhren zur Jugendwohnung und packten ein paar Klamotten. Aber die Nachbarn sahen den LKW vor der Tür stehen und riefen die Bullen. Sie kamen nicht mal bis zum Rahlstedter Bahnhof, da waren sie schon eingekreist. Der LKW kam den Nachbarn verdächtig vor, denn unser Haus war bekannt im Viertel. Manchmal luden wir halbe Diskotheken zum Feiern ein und die Motorräder parkten vorne auf dem Rasen. Manchmal brachen wir auch in die Nachbarhäuser ein. Rahlstedt ist ein ziemlich reiches Viertel, wo fast nur Einzelhäuser stehen. Und wir mitten drin. Das einzige Haus in Rahlstedt ohne Zaun. So kam es, dass wir alle in Rahlstedt in der Zelle saßen, jeder für sich. Am nächsten Tag kamen die Pädagogen und holten uns raus. »Gruppenbesprechung«, doch eigentlich wollten wir gleich in den Urlaub fahren, wir hatten schon alles gepackt. Zwei Stunden lang dauerte die Standpauke. Wieso, weshalb, warum. Uns blieb nichts anderes übrig, als alles zuzugeben und zu ergänzen. Dann gab es Taschengeld und als die Pädagogen wieder weg waren, fuhren wir los. Es ging nach Holland auf die Insel Schiermonnikoog.

Als wir am nächsten Morgen im Zelt aufwachten, war der ganze Zeltplatz abgesoffen. Nur wir standen auf einem Hügel und kamen schön trocken aus unserem Zelt gekrochen. Wir hatten zweimal innerhalb kürzester Zeit großes Glück im Unglück.

25. 3. 2000 Samstag

Petra hatte am Donnerstag einen Rückfall und der ist auf meinem Mist gewachsen. Es tut mir scheiße leid. Hoffentlich zerstört das nichts. Habe Inliner für sie gekauft. Ich hoffe, sie passen und gefallen ihr.

26. 3. 2000 Sonntag

Bin heute Abend bei Petra zum Essen eingeladen. Morgen fährt sie schon wieder nach Hannover. Mache mir Gedanken, sie verändert sich gerade in die falsche Richtung. Was die Droge mit ihrem Charakter macht, steht ihr nicht. Man könnte auch darüber reden, aber ich weiß ja, dass sie es eben braucht. Habe Geld und Hasch für sie.

27. 3. 2000 Montag

Wäre gern mit nach Hannover gefahren, aber leider reicht die Kohle nicht und ich muss verzichten. Ist nicht schlimm, aber tut weh, wenn man schon Pläne hatte. Wir waren oft zusammen, seit Petra in Hamburg lebt. War bis jetzt auch meistens ganz geil, aber durch negatives Denken zieht sie sich runter und kann ihre Pläne dann nicht mehr durchziehen. Mit der Dreizimmerwohnung in Heimfeld wird es wohl auch nichts, Petra hat die Vermieterin nicht erreicht. Schade, wäre bestimmt schön geworden. Bin heute nicht ins Seehaus gegangen, bin mutlos und habe keinen Bock mich selbst zu hören.

28. 3. 2000 Dienstag

Man Petra, erstmal schönen Dank dafür, dass du letzte Woche Zeit mit mir verbracht hast. Du machst es mir ganz schön schwer. Ich habe dich, wie du ja weißt, immer noch tierisch lieb (ich liebe dich), aber das ist gleichzeitig mein größtes Problem. Ich kann verstehen, dass dich das nervt, du hast ja selbst Beziehungsprobleme. Dein Essen gestern hat mir sehr gut geschmeckt und es war auch ganz nett bei euch. Es tut mir natürlich jedes Mal weh, wenn du Bernd küsst oder sagst, wie sehr du ihn liebhast. Dann frage ich mich, warum du dich nicht in mich verlieben konntest. Aber ich leide gerade sowieso an einer Depression, weil es einfach nicht klappen will, mit dem

Entgiften. Ich enttäusche damit nicht nur dich, sondern auch mich selbst. Ich will, ich will wirklich, aber dabei spielt so vieles eine Rolle, es ist der Wahnsinn. Du hast es auch nicht leicht, aber du machst und tust und belohnst meine Unfähigkeit hoffentlich bald wieder mit deiner Anwesenheit und deinem schönen Lächeln.

Nicht lange nach Schiermonnikoog bekam ich abends um 23:00 Uhr einen Anruf von einem Freund für einen Freund. Damit fing »das Ding« an. Ein gewisser Ralf hatte meinem Mitbewohner Frank mal versprochen, ihm bei Gelegenheit eine Musikanlage zu schenken. Denn Ralf arbeitete beim Wachtdienst und war gerade bei einem japanischen Elektrokonzern im Einsatz. Er hatte Frank angerufen und ihm gesagt, er solle jetzt kommen, um sich eine Musikanlage mit allem Drum und Dran abzuholen. Jetzt rief Frank mich an, um zu fragen, ob ich mitkommen wollte. »Na klar!«, sagte ich und dachte, dass Ralf dann sicher auch was für mich raus tat. Wir hatten ja keine Ahnung, wie riesengroß das Lager war und, dass es mit einer Alarmanlage mit 36-stelligem Zahlencode gesichert war. Es gab ein Zeitfenster von dreißig Minuten von 3:00 bis 3:30 Uhr, in dem ein stiller Alarm ausgelöst wurde. Die Polizei wusste Bescheid, in diesen dreißig Minuten erledigte der Nachtwächter seinen Rundgang. Aber wie gesagt, das wussten wir alles noch nicht. Frank und ich mussten erstmal die letzte Bahn von Rahlstedt zum Hauptbahnhof bekommen und die fuhr um 00:30 Uhr. Um 1:30 Uhr waren wir da. Ralf erklärte uns alles. Er arbeitete allein, sodass wir ohne Probleme ins Lager gehen konnten, aber erst um 3:00 Uhr, wenn der stille Alarm ausgelöst wurde. Da wir also nicht gleich ins Lager spazieren konnten, sahen wir uns erstmal im Ausstellungsraum die Anlagen an. Die waren teilweise so neu, dass sie auf dem deutschen Markt noch nicht zu kaufen waren. Wir suchten uns schon mal welche aus, indem wir die Nummern notierten. Das war auch goldrichtig, denn da waren echt viele Kartons im Lager, Paletten ohne Ende. Einer musste am Eingang bleiben, »falls jemand kommt«. Da Ralf sich am besten auskannte und die Anlage für Frank sein sollte, machte ich den Wachtmann. Ich sagte: »Mach ich. Aber ihr bringt mir eine Anlage mit.« Nur deswegen wollte ich ja mitkommen und genau so hatte ich mir das auch vorgestellt, nämlich, dass ich auch was abbekam.

Im Zwischenflur stand ein Kaffeeautomat, da bediente ich mich. Irgendwie musste ich mich beruhigen, denn mein Adrenalin stieg immer weiter an. Um kurz vor 3:00 Uhr war der Automat dann leer. Ralf gab mir seine Uniform, eine Jacke, eine Mütze und einen 9 mm Gasrevolver. Jetzt musste ich dreißig Minuten allein durchhalten. Ich fragte noch: »Was soll ich denn sagen, wenn einer kommt?« und Ralf, der Idiot, sagte: »Lass dir was einfallen.«. Schon waren die beiden auf dem Weg ins Lager. Zum Glück kam keiner. Die dreißig Minuten kamen mir sehr lange vor. Bis die beiden dann endlich wiederkamen, schwer bepackt mit Kisten, ab dann ging alles sehr schnell. Acht Kartons, zwei Musikanlagen mit Boxen, die wir leider zurücklassen mussten, da zwei Mann nicht alles tragen konnten. Wir hatten keinen weiteren Plan. Laufen bis zum Hauptbahnhof? Das war nicht so weit, aber trotzdem zu schwer. Taxi? Wir hatten kaum Geld dabei, zehn bis zwölf Mark konnten wir zusammenkratzen. Das Taxi fuhr auf das Gelände und wir verstauten die Kisten im Kofferraum und auf dem Rücksitz. Wir ließen uns für acht Mark zum Busbahnhof fahren, so hatten wir noch Geld für den Nachtbus nach Rahlstedt. Am ZOB luden Frank und ich alles aus dem Taxi und warteten an der Bushaltestelle. Es lief wie geschmiert, doch wir waren meganervös. Als der Bus kam, sagten wir dem Busfahrer, er solle die hintere Tür öffnen, da wir ein paar Umzugskartons hätten. Auch das klappte super. Von der Bushaltestelle in Rahlstedt aus, hatten wir es nicht weit nachhause. Am nächsten Tag rief Ralf an und sagte, keiner habe was bemerkt.

Das ging immer so weiter. Was ich in Neumünster verbrochen hatte, halbierte ich in Hamburg nur. Bis eines Tages die Kripo ins Margot kam. Die dachten, ich sei in der Küche und könne nach hinten nicht raus. Ja, und die kamen vorne nicht rein, denn es war noch nicht geöffnet, also gingen sie durch die Frontscheibe. Bloß, ich war noch gar nicht da. Als ich kam, waren irgendwelche Leute gerade fertig mit dem Aufräumen der Scherben. Ich wurde sofort verhaftet. Die Wache war nur fünf Meter weiter. Sie ließen mich noch mal gehen. Meine Arbeit war ich trotzdem los, was nicht weiter schlimm war, denn Bernd hatte mir schon was Neues besorgt. Bei der »Opelbande« in Barmbek. Er kannte den Werner, das war derjenige, dem die Opelbande gehörte. Ich sollte mich da mal vorstellen, denn die konnten immer Handlanger gebrauchen. Bei der Opelbande arbeitete ich schwarz. Oben im Sozialamt Barmbek holte ich mein Geld ab und unten bauten wir Rallye-Autos zusammen. Werner hatte dort eine große Lagerhalle mit einer Hebebühne. Die klauten einige Opel Ascona in Hamburg, bauten sie auseinander, wieder zusammen und verscheuerten sie. Ich kaufte Norbert einen VW Käfer ab und versuchte, da die Maschine eines VW Porsche einzubauen. Gleichzeitig fing ich an, den Führerschein zu machen.

Wer arbeitete, musste einen Teil seines Geldes an die Jugendwohnung abgeben. Das hatte ich ein Jahr lang nicht gemacht. Die Pädagogen kümmerten sich aber auch nicht groß darum, die machten zwar Ansagen, setzten diese aber nie in die Realität um. Mir war alles egal. Die Pädagogen waren für mich alles Hippies mit ein bisschen Gehirn in der Birne, die dir auch ohne Polizei halfen. Aber eigentlich konnten wir machen was wir wollten und so lebten wir auch. Wir hatten die Schränke voll Whiskey, alles gestohlen und wir hatten nur vom feinsten. Wenn die Pädagogen uns zwanzig Flaschen Whiskey in die Toilette kippten, machten wir einen auf Trauer, aber wir hatten noch vierzig im Schrank, die sie nicht gefunden hatten.

Eines Tages war der Bogen wohl überspannt. Ich kam abends von der Autowerkstatt nachhause und es war gerade Gruppenbesprechung. Ich betrat den Raum und alle sahen mich komisch an. »Du wohnst hier nicht mehr.« Sie ließen mir offen, zu bleiben, wenn ich meine Abgaben sofort bezahlen würde. Das war eine Summe, die konnte ich gar nicht aufbringen. Ich hatte, von einer auf die andere Sekunde, nichts mehr. Ich stand auf der Straße und hatte nicht eine Mark in der Tasche. Aber ich hatte eine Freundin. Petra die Erste, doch das ist eine Geschichte für sich, die ich später erzähle. Gemeinsam zogen wir in eine Wohnung in Eilbek.

29. 3. 2000 Mittwoch

Petra ist zurück aus Hannover. Sie gefällt mir überhaupt nicht. Ich glaube, dass wir uns voneinander entfernen und das ist kein Wunder. Ich kann dazu nicht viel sagen, weil ich mich ähnlich verhalte.

30. 3. 2000 Donnerstag

»Ich hoffe, meine Anwesenheit stört dich nicht. Du freust dich ja gar nicht mehr, wenn ich komme. Du hast dich verändert und deine Sprache ist mir, trotz deiner ständigen Wiederholungen, fremd. In dieser Nacht fühle ich mich still geduldet. Ich kam immer sehr gerne

hierher und war dir immer dankbar, wenn ich
bei dir sein durfte. Aber unsere Kommunika-
tion ist beinahe tot. Wie soll es denn jetzt weitergehen?

Gruß, Petra«

Naja, was soll ich sagen, es läuft alles nicht so gut.
Gestern war ich im Seehaus. Wir beschlossen, dass ich
eine teilstationäre Therapie in Bokholt mache. Was
bleibt mir denn anderes übrig? Schlafen kann ich
dann ja trotzdem zuhause. Mal sehen, was mein Arzt
dazu sagt.

1983 war ich Mitglied im Fanclub Hamburg Nord.
Wir fuhren mit vierzig Leuten im Bus nach München. HSV gegen München, 4 : 3, letzte Minute Mag-
gat. Wir hatten keine Eintrittskarten für das Spiel, es
war seit Wochen ausverkauft, also nahmen wir uns
die Schwarzhändler vor. Einer ging hin, nahm zehn,
zwölf Karten in die Hand, dann kamen die anderen
und hielten den Händler fest, damit der mit den Karten wegrennen konnte. Das klappte wunderbar, wir
hatten hinterher noch Karten übrig. Die Rückfahrt
war viel komplizierter. Ich hatte den Bus verpasst.
Erst fuhr ich mit dem Zug von München nach Glad-
bach. Sie schmissen mich in Lüneburg raus, weil ich
keine Fahrkarte hatte und eine Kutte trug. In

Lüneburg schmissen sie mich dann ganz vom Bahnhof. Ich kann nicht trampen, kein Bock, also suchte ich nach einer anderen Lösung. Ich lief aus der Stadt und irgendwann sah ich ein abgelegenes Wohnhaus mit zwei Autos davor und einem offenen Fenster im Erdgeschoß. Ich stieg durch das Fenster und stand in der Badewanne. Ich kletterte aus der Wanne, schlich durch das Badezimmer und öffnete vorsichtig die Tür. Ich blickte direkt auf das Schlüsselbord. Ich wusste nicht, ob da Leute waren, griff mir die Schlüssel von beiden Autos, stieg durch das Fenster wieder raus und rein in den Golf, der da stand. Ich löste die Handbremse, stieg wieder aus und schob ihn erstmal die Einfahrt entlang. Auf dem Rücksitz lagen Hammer und andere Bauwerkzeuge, aber ansonsten war der Wagen ganz geil. Ich schob ihn also bis zur Straße und betete, dass da keiner hinterherkam, womöglich mit dem Ersatzschlüssel und dem anderen Wagen. Ich konnte nicht mal fahren, ich fing zwar mal mit der Fahrschule an, aber ich brachte das nicht annähernd zu Ende. Alles klar, dachte ich, hoffentlich springt das Scheißding gleich an.

Zum Glück befand ich mich als erstes auf einer Landstraße und so konnte ich erstmal ein bisschen schalten üben. Ich wurde immer sicherer und schaffte es tatsächlich bis nach Hamburg. Auf dem Kiez blieb das Ding dann stehen. Mitten vor der Davidwache. Hinter mir ein Bus – *hup, hup* - die Ampel grün, gelb, rot. Ich bekam das Ding nicht wieder an! Der Bus überholte mich endlich, aber es ging einfach nicht wieder an! Benzin war noch drin. Ich war schon drauf und dran einfach abzuhauen, dachte mir: Lässt du das halt hier stehen und verschwindest, egal. Der Busfahrer neben mir öffnete wild gestikulierend seine Tür, ich, das Fenster runter, der Busfahrer: »Für sowas gibt's 'ne Warnblinkanlage!« Ich kurbelte das Fenster wieder hoch, in diesem Moment sprang das Scheißding wieder an und ich konnte nachhause fahren.

In Eilbek abgekommen, waren die anderen aus München noch gar nicht zurück. Ich ließ den Golf stehen und fuhr mit der Bahn nach Barmbek zur Fankneipe der Hamburger Löwen. Ich wartete, bis alle eintrudelten. Die waren ja noch unterwegs, die ganzen Hamburger Fanclubs und Hooligans. Wenn in München ein Spiel war, war Hamburg ziemlich leer. Die halbe Stadt war unterwegs in Zügen und auf der Autobahn. Teilweise wurden Tankstellen überfallen und das Personal schloss sich ein, sodass man fressen konnte, was man wollte. Ich saß also in Barmbek in der Kneipe der Löwen und langsam füllte sich der Laden. Ich gab ein paar aus und sagte, dass ich demjenigen, der mich nachhause brachte, ein Auto schenken würde. Ich hatte das Ding extra offen, mit Schlüssel, in Eilbek stehen gelassen, damit ich es loswerde. Ich dachte: Hoffentlich steht der Wagen jetzt noch da, sonst krieg ich eins auf die Schnauze. Schließlich fuhren wir mit drei Mann mit dem Taxi zu mir. Da stand das Ding. Und tschüss. Die fuhren damit auf die Autobahn, setzten den Golf an die Leitplanke und ließen ihn anschließend zurück. Ich war das Auto jedenfalls los. Damals bekamen die Löwen sowieso alles angehängt.

31. 3. 2000 Freitag

Heute hatte ich ein Vorstellungsgespräch im Koch-Salon. Am 10.4. kann ich anfangen. Am Sonntag bin ich mal wieder zum Frühstück bei Mario eingeladen. Freue mich darauf, denn anschließend spielen wir meistens Backgammon, bringt Fun. Gerda hat mir meine Wäsche gebracht und geil zusammengelegt, echt gut, da will ich mich noch mit Blumen bedanken. Mit Norbert war ich im Großmarkt, ich durfte einen ganzen Karton voll Lebensmitteln mitnehmen. Nicht schlecht, aber jetzt habe ich ein schlechtes Gewissen, weil die beiden mir schon so oft geholfen haben. Ich finde, langsam bin ich mal dran. Ich will noch schnell einen Brief für Alfred einstecken und dann das Abendessen vorbereiten. Stefan kommt heute Abend. Allein essen ist immer scheiße.

4. 4. 2000 Dienstag

Man, war das ein ätzender Tag. Habe versucht, den Tag über nichts zu nehmen. Hat nicht geklappt, scheiße. Wenn ich es bis zum 9.5. nicht schaffe, selbstständig zu entgiften, muss ich wieder nach Bokholt, wo ich mich auch schon angemeldet habe. Ich fühle mich echt schlecht dabei. In erster Linie, weil ich

Gerda und Norbert damit sicherlich sehr enttäusche. Die geben sich große Mühe, mir zu helfen. Ich frage mich nur, warum ich so ein Scheißtyp bin. Die Frau, die ich liebe, will nur Freundschaft und wohnt bei ihrem festen Freund Bernd. Das tut mir weh, richtig doll weh. Man, ich habe alles mögliche versucht, um Petra für mich zu gewinnen. Vergebliche Liebesmüh'. Ich glaube, dass ich mit ihr ein schönes Ding, Leben, durchgezogen hätte. Aber nicht mal in Sachen Freundschaft komme ich momentan auf sie klar. Ich kann echt nicht erklären, was sie an sich hat, sodass dieses Liebesgefühl bei mir nicht vorübergeht. Aber sie hat bestimmt keine Schuld an meinem Rückfall! Ich hoffe nur, ich lande nicht wieder im Knast. Das wäre es dann gewesen mit meinem Leben. Was mache ich bloß, wenn Norbert mich auf die Drogen anspricht? Ich kann ihn nicht belügen, das hat er nicht verdient. Warum habe ich so viel Scheiße an den Hacken?

12. 4. 2000 Mittwoch

Du wolltest so viel mit mir unternehmen und was machst du? Am Freitag bist du zu Daniela gefahren und seitdem hast du dich nicht mehr gemeldet. Wir wollten auf den Fischmarkt gehen und du wolltest mir im Pudel helfen, dann wollten wir Kassettencover basteln und Papiere ordnen. Wir wollten außerdem im Abendblatt nach einer Wohnung für dich suchen. Ich glaube, dass du dich nicht meldest, weil du ein schlechtes Gewissen hast. Natürlich bin ich eifersüchtig, aber nicht so, wie du vielleicht denkst, sondern darauf, dass du Sachen, die ich mit dir unternehmen will, einfach mit anderen machst. Scheiße, nur Vorwürfe, aber du versprichst mir Dinge und hältst sie nicht ein. Das macht mich fertig! Du stehst nicht hinter mir und so langsam fühle ich mich verarscht. Ich rufe dich nicht an, weil das nichts ändern würde. Es ist vielleicht besser, dich zu vergessen. Was ich sowieso nicht schaffe. Ich kann nicht mehr, es tut so weh und ich liebe dich trotzdem.

14. 4. 2000 Freitag

»Ulli, du hast dich verändert. Du wirst mir von Tag zu Tag fremder, und ja, auch ich verändere mich mit dem täglichen Konsum der Droge. Ich bin müde und unaufmerksam. Das habe ich auch heute in der Bahn bemerkt, als die Kontrolleure kamen. Das ärgert mich maßlos! Du lässt dich gehen, aber ich mache mir keine Vorwürfe mehr, denn jeder von uns hat genug mit sich selbst zu tun. Bist du wirklich so ehrlich, wie du immer sagst oder ist es nicht manchmal so, dass du die Dinge in deinem Kopf verdrehst? Du schiebst mir den Schwarzen Peter zu, je nachdem, wie es dir gerade in den Kram passt. Aber ich kann mich nicht entsinnen, dir das jemals vorgehalten zu haben. Von dir höre

ich oft, was ich alles verpatze. Manchmal will
ich laufen, will ich schreiend mich besaufen.

Petra«

Eines Tages floh ich vor meiner damaligen Freundin
Petra der Ersten aus unserer gemeinsamen Wohnung in Eilbek zu Hartung nach Wandsbek in die
Trommelstraße. Hartung war einer meiner ehemali-
gen Mitbewohner aus der Jugendwohnung. Er floh
auch mal, und zwar aus der DDR nach Westdeutsch-
land. Sein bester Freund wurde an der Grenze erschossen. Seine Eltern blieben da und er geriet in
Hamburg auf die schiefe Bahn. Wir soffen wie die
Tiere. Wir brachen bei Penny und Spar ein, packten
die Einkaufswagen voll mit Alkohol und gingen einfach wieder raus, wo wir reingekommen waren. Irgendwann hatten wir es mit der Menge übertrieben.
Es war 1984 und es hatten sich mal wieder mehrere
Straftaten angesammelt. Die auf einem Strafzusam-
menzug beruhende Gesamtfreiheitsstrafe betrug
vier Jahre. Soweit hatte ich damals nicht gedacht,
denn ich dachte mit dem Alkohol. Hauptsache, Spaß
haben, hoch die Flaschen! Ich begriff den Ernst der
Lage nicht annähernd, denn mit Norbert hatte ich ja
auch gesoffen. Der kam früher manchmal in die Jugendwohnung und brachte eine Flasche mit. Aber
das hörte von einem auf den nächsten Tag auf, was
ich nicht verstand. Mir war es egal, um welche

Uhrzeit, morgens, mittags, nachts, wenn einer mit einer Pulle kam, wurde Party gemacht. Wenn du eine Flasche dabeihattest, warst du immer willkommen.

24. 4. 2000 Montag

Zehn Tage Bokholt.

MACH MAL

1981 war ich zum ersten Mal mit zwei Freunden in der Hafenstraße unterwegs. Die Häuser waren schon besetzt. Es gab eine Kneipe, die geöffnet hatte, das »Ahoi«, unten an der Ecke. Dort hielten sich fast nur Punks auf. War cool da, denn man konnte kiffen und Astra trinken, wie zuhause. Als ich 1987 wieder aus dem Knast entlassen wurde, hatte ich zwar eine Wohnung, allerdings in Wandsbek, also weit ab vom Schuss, denn ich hielt mich eigentlich in St. Pauli, Schanze und Altona auf. Die Wohnung war schön groß, mit einem Garten, den ich mitbenutzen durfte. Alles schön und gut, aber einsam. Die Nachbarn, die ich kennenlernte, waren entweder zu alt oder rechtsradikal. Ich hielt es dort nicht aus und fuhr immer öfter in die Hafenstraße, um Freunde zu treffen. Mischa, die ich dort kennenlernte, bot mir an, bei ihr zu pennen, so musste ich nicht immer hin- und herfahren. Meine Wohnung in Wandsbek überließ ich solange einem Freund, der auf der Flucht vor der Polizei war, was natürlich ein Fehler war. Was sollte ich denn machen? Der Typ hatte mir im Knast den Rücken freigehalten. Er stellte mir innerhalb eines Monats die Wohnung mit geklauten Sachen voll. Nach langem Überlegen kündigte ich die Wohnung, denn sie lief schließlich auf meinen Namen und ich hatte Angst, deswegen wieder in den Knast zu gehen. Ich zeigte ihm die Kündigung und tatsächlich räumte er die Wohnung leer. Leer im wahrsten Sinne des Wortes, denn er nahm nicht nur seine Sachen mit, sondern auch meine.

Was mich anfangs störte, war der viele Dreck und, dass die Toiletten nicht alle funktionierten. Aber ich fühlte mich gut aufgehoben in der Hafenstraße. Es war immer was los, man war nie allein und es gab viele Gemeinsamkeiten untereinander. Nebenbei arbeitete ich auf Kampnagel als Koch, wo Norbert die Gastronomie übernommen hatte. Dort lernte ich viele Leute kennen. Schauspieler und Musiker, das war ja noch ganz geil, aber dann lernte ich Köche kennen, die während der Arbeit koksten. Da kamen erstmals die harten Drogen ins Spiel. Das war ein echter Wendepunkt in meinem Leben. Anfangs blieb es beim Koks. Anfangs hatte ich noch Hass auf Junkies, wie alle in der Hafenstraße.

5. 5. 2000 Freitag

Zurück zuhause. Hafengeburtstag. Frank ist alt geworden, genauso wie ich. Den habe ich beim Hafengeburtstag getroffen. Die alten Leute treffen sich ja manchmal beim Hafengeburtstag. Frank kenne ich aus der Hafenstraße durch Barney, seine damalige Freundin. Barney gab immer so Punk Partys und auf einer dieser Partys habe ich Frank zum ersten Mal getroffen. Er hat jetzt noch mehr Kinder und eine neue Freundin. Der ist ein richtiger Familienmensch geworden.

11. 5. 2000 Donnerstag

Du hast dich heute gemeldet und ich habe natürlich schon lange darauf gewartet. Wir waren heute schweigsam, na, nicht gerade redselig. Ich freue mich, dass dir das portugiesische Vegi-Restaurant so gut gefällt. Ich mag es auch. Petra, ich glaube, jetzt kann ich dich akzeptieren, so wie du bist. Aber dazu gehört auch, dass ich dir nicht mehr alles glaube. Nicht, dass du es nicht so meinst, nee, du schaffst es einfach nicht. Ich will nicht alles noch mal aufzählen, du weißt es, ich weiß es und was soll's. Das habe ich dir gesagt und jetzt ist das für mich echt erledigt. Nur werde ich nie mehr so viel Vorfreude in mir aufkommen lassen. Wenn dann etwas nicht klappt, tut es nicht so weh und ich bin dir nicht böse. Wie du ja weißt, liebe ich dich und kann dir sowieso nicht richtig böse sein. So soll es sein.

13. 5. 2000 Samstag

»Bin gut an geknallt! Goa kommt schon fett! Du bist zurzeit wirklich mein bester Freund und ich bin stolz auf dich. Ich habe dich von Herzen gern und das ist einmalig, wie jede Begegnung. Nur eben nicht alle Tage. Wenn du mit deinem Geist an deinem Geist arbeitest, wie kannst du da ein gewaltiges Chaos in deinem Kopf vermeiden? Ich mag offene Fenster. Ich mag nur offene Fenster. Ich muss mich entscheiden - für

109

wen, wenn nicht für mich selbst? Aber wo bin ich?«

Petra ist auf eine Goa-Party gegangen. Komisch mit ihr. Ich komme mir blöd vor, erkenne sie kaum wieder.

17. 5. 2000 Mittwoch

Oft habe ich keine Lust mehr. Petra hat viel Kraft und kann ganz schön viel Stress verursachen, was wiederum Kraft kostet. Am Wochenende fährt sie wieder nach Hannover. Sie müsste echt noch mal so drei bis sechs Monate Therapie machen, aber sie lässt sich nicht helfen. Ständig ändert sie ihre Ziele. Ich meine nicht so sehr die großen, sondern mehr die kleinen Ziele. Aber was nützt ihr, was ich meine, wenn sie es nicht annehmen kann. Sie hat mir erzählt, dass sie noch eine Chance von mir haben will. Bekommt sie auch, aber was ist mit meiner Chance? Petra findet unsere Freundschaft wohl gut. Ich finde die ja auch nicht übel, aber ich liebe sie immer noch. Mich freut, dass sie isst und trinkt, wenn sie bei mir ist. Das ist nicht schlecht, denn sie hat viel abgenommen.

20. 5. 2000 Samstag

Ätzender Tag. Habe mehrmals versucht, Petra zu erreichen, hatte aber immer nur den Anrufbeantworter am Apparat. Scheiß Telefon! Ich glaube, unsere tolle Freundschaft befindet sich in der Krise und das liegt bestimmt nicht nur an uns, da gehört eine ganze Menge schlechter Einfluss von außen dazu. Damit meine ich Bernd. Ich hoffe, dass nach ihrer Entgiftung alles wieder besser wird.

Alles drehte sich um die Hafenstraße. Ich soff wie ein Loch, denn der Spaß durfte nicht zu kurz kommen. Oft war es kompliziert, die Arbeit als Koch und die unzähligen Demos unter einen Hut zu bekommen. Durch eine Spende (hundert schwarze Overalls und hundert schwarze Motorradmützen für die Bewohner der Hafenstraße) bekam ich einen Overall, den ich von da an immer trug, wenn es zur Demo ging und ich anschließend zur Arbeit musste. Darunter hatte ich meine Kochklamotten an. Mischa hatte in der Zwischenzeit eine richtige Wohnung aufgerissen, drei Zimmer auf St. Pauli in der Kastanienallee. Zwar hatte die Wohnung nur eine Ofenheizung, in der Küche noch Gas zum Kochen und keine Dusche (man konnte sich in der Küche waschen), doch ich durfte allein einziehen, denn Mischa blieb in der Hafenstraße. Coole Idee von ihr, ich freute mich tierisch. Als ich die Schlüssel und den Mietvertrag bekam, war endlich alles gut. Aus dem Küchenfenster konnte man direkt in die Davidwache reingucken und umgekehrt, doch das störte mich nicht. Einweihung musste gefeiert werden! Ich kaufte mir ein Gramm Koks für zweihundert DM und feierte für mich allein in der leeren Wohnung. Zu gekokst schmiedete ich Pläne. Von der Wohnung war ich begeistert, gute Lage, um Geld zu verdienen. Ich war zwar auf Kampnagel tätig, aber irgendwie wollte man ja immer mehr Geld haben. Ich glaube allerdings nicht, dass Geld allein der Grund war, weshalb ich dann anfing, Drogen zu verkaufen. Vielleicht war es der Wunsch nach Anerkennung. Ich hatte große Verlustängste, wenn ich allein war. Da fing meine Karriere als Junkie an.

24. 5. 2000 Mittwoch

»Mein Freund, Hannover ist ganz schön anstrengend und mein Versuch, zu entziehen, ist an Tag zwei gescheitert. Ich hatte fetten Suchtdruck und möchte in meinem Zustand jetzt auch keinen Freund belästigen, der selbst erstmal stabil werden muss. »Normal«, wie du so oft sagst. Was ist eigentlich wirklich los? Ich meine, so von deiner Seite? Leider hatten wir bisher keine Gelegenheit, zu sprechen, aber das können wir ja korrigieren. Ich habe mich vielleicht ein wenig zurückgezogen seit meinem Rückfall im März, sorry, sorry, sorry! Dafür habe ich es geschafft, mit dem PC ein paar meiner Gedichte abzutippen. Ich dachte, ich schenke dir ein Probeexemplar, aber ich komme nicht mit dem Drucker klar. Ich lebe gerade in einer digitalen Welt und manchmal kann ich meine eigene Sprache nicht wiederfinden. Ich verfange mich in meinen Gedanken wie in einem Labyrinth. Drogengedanken, Flucht. Dass es dir gestern schlecht ging und du dich im Stich gelassen fühltest, erfuhr ich erst heute morgen, denn wenn ich eine SMS bekomme, ist der Ton, das Signal, nicht mehr zu hören. Ich bin ganz benommen von deiner Nachricht und fühle mich schlecht. Ruf doch das nächste Mal einfach an, ich kenne dieses Gefühl nämlich nur zu gut. Du fehlst mir natürlich auch, aber du hast tagsüber auch keine Zeit mehr und so geht jeder seinen Weg. Das ist das Leben, und ich bin froh, dass du so gut dabei bist! Du hast doch Substanz, Struktur und Freunde, mehr, als du vielleicht glaubst, und nicht nur mich.

Die Zeit schreitet voran und ich habe bald meine Verhandlung. Alles ist noch so ungeklärt und meine Bewährungshelferin ist nicht da. Ihre Vertretung scheint mir überfordert und hilflos. Ich will erstmal in Hannover bleiben und es bei meinem Anwalt versuchen. Das sitzt mir ganz schön im Nacken, es steht eine Menge auf dem Spiel.

Es tut mir nicht gut, wenn du behauptest, ich sei nicht für dich da. Das hast du schon oft in den unmöglichsten Situationen gebracht, besonders wenn ich mich verletzlich und ausgeliefert fühlte. Nimm deine Zuneigung zu mir als Geschenk und fordere nichts, was ohne Bedeutung wäre. Lass mich als Schatten an deiner Seite existieren, auf meine Art. Verzweifle nicht, der Tod ist vielleicht auch nur eine Zwischenstation.«

Du nimmst das Heroin, machst es auf ein Blech und hältst Feuer darunter, bis sich das Gift verflüssigt und schließlich in Rauch übergeht. Du ziehst den Rauch gleichmäßig durch das Röhrchen in die Lunge und hältst ihn fest, bis du nicht mehr kannst. Dann kommt der Turn. Das machte ich 1988 zum ersten Mal auf dem Steindamm. Eine Bekannte von mir hatte eine große Altbauwohnung am Hansaplatz, wo sich die Heroinszene befand. Dort kaufte ich mein Hasch und so lernte ich ein paar Leute kennen, die sich dort trafen, um Blech zu rauchen. Sie boten es mir an und drei, viermal sagte ich auch nein, aber dann wollte ich es doch versuchen. Was soll ich dazu sagen? Ich wollte breit sein, wollte sehen, wie der Turn ist. Ich steigerte mich von Tag zu Tag. Der Turn und das Gift waren ja noch ganz anders zu der Zeit. Das sagen alle Junkies. Genauso wie alle Junkies sagen, dass der erste Schuss der Beste ist. Weil es so ist. Es wird danach nie wieder so. Ab dann bist du auf der Suche. Das ist ein Hamsterrad und allein kommst du da nicht wieder raus.

Nach zwei Wochen erlebte ich zum ersten Mal, was ein Affe ist. Da war es schon zu spät.

26. 5. 2000 Freitag

Rückfall!
Ich kann nicht mehr, es tut mir zu doll weh. Was? Alles, was mit dir zu tun hat, beziehungsweise mit uns. Scheiße, mir kommen sogar die Tränen. Ich weiß nicht mehr, was ich weiß und was nicht, aber ich weiß, dass ich dich liebe, und du kannst mir nicht erzählen, dass du das nicht bemerkt hast. Du hast bestimmt dein Bestes gegeben, damit wir Freunde bleiben können, aber das reicht mir nicht. Ein Stich in mein Herz ist das und das tut weh. Schade, dass es so ist wie es ist und du dich nicht bei mir verlieren konntest. Dann ist meine beste Freundin eben das Heroin und mein Zuhause der Knast.

Ich dachte leider, dass wir während der Therapie ein Paar waren. Du weißt ja, dass ich daran glaube, dass zwei Menschen sich auf ewig vertrauen können und da du ja, meine ich, durch die Hölle gegangen bist, glaubte ich, dass du dir auch eine lange Beziehung mit mir wünschst. Schade, ich habe echt daran geglaubt und sogar dafür gebetet, dass du dich zu mir durchringen kannst und deine Gefühle doch so stark für mich sind, dass wir hätten eins werden können. Tja, knapp daneben ist eben auch vorbei. Du hast viele Ängste, genauso wie ich. Zu Bernd lasse ich mich lieber nicht aus. Ihr seid so ungleich und ihr passt überhaupt nicht zusammen. Ist meine Meinung. Du tust zu viel, damit die Beziehung zwischen euch hält, aber das musst du selbst wissen. Ich habe dir ja gesagt, dass du dich, wenn du mit Bernd zusammen bist, ganz anders gibst. Mir kam es, wenn ich bei euch war, wie im Film vor, in dem du die Hauptrolle spielst. In letzter Zeit war nicht mehr viel mit gemeinsamen schönen Sachen, ich war eigentlich immer nur dankbar, dass du mich überhaupt besucht hast. Es geht hauptsächlich immer um dich, Drogengespräche, dass du wenig Geld hast und so weiter. Das mag sich überheblich anhören, aber ich wollte dir auch mal die andere Seite des Lebens zeigen, die ich glaube, ein bisschen zu kennen. Aber das funktioniert nicht, wenn man sich einmal die Woche für drei bis vier Stunden trifft. Ich wäre gern mal übers Wochenende mit dir nach London oder nach Amsterdam gefahren, aber das hättest du ja wieder nicht gemacht.

Noch so eine Sache, wenn jemand ein Problem hat, rede ich mit ihm/ihr darüber, und dann ist es mir egal, wann ich nachhause komme. Dann bleibe ich so lange, bis es entweder gelöst ist oder es ihm/ihr besser geht. Zur Not bleibe ich eben über Nacht. Wie oft habe ich dir schon gesagt, dass ich mal bei dir schlafen will, bzw. will, dass du bei mir schläfst. Man muss ja nicht immer gleich ans Ficken denken. Als du dann endlich mal bei mir übernachtet hast, ging es dir ja richtig schlecht, aber ich dachte, dass du dir denken kannst, dass ich mir wünsche, einfach mal zu kuscheln. Du gibst mir das Gefühl, schwach zu sein, aber gemeinsam waren wir stark. Wenn es nach mir geht, würden wir schon lange zusammenwohnen, Arbeit hättest du auch und im Urlaub wären wir auch schon gewesen. Schade, dass du dich hier draußen doch nicht auf mich einlassen konntest.

Barney war drauf. Ich hatte zuerst Angst vorm Drücken, denn ich konnte keine Nadeln sehen. Aber ich war auf der Suche nach dem richtigen Turn. Ich wollte wissen, wie das Gefühl ist, denn es hieß, Blech rauchen sei nur die Vorstufe zur Droge. Ich konnte nicht mal hingucken. Ich hielt meinen Arm hin. Ich sagte: »Mach mal.« Barney setzte mir den ersten Druck. Ich kippte um.

Irgendwann bekam Barney Stress mit Frank. Er wollte sich trennen, weil sie auf Heroin gekommen war. Die beiden hatten ein Kind zusammen, für dessen Sorgerecht er kämpfen wollte. Zu dieser Zeit war das schwierig für Männer. Er musste erst nachweisen, dass sie süchtig war und, dass er eine Wohnung hatte. Also fragte er mich, ob er bei mir in der Kastanienallee wohnen konnte. Weil das nicht meine Wohnung war, musste ich erst Mischa fragen. Er durfte so lange einziehen, wie er für das Kind kämpfen wollte. Das dauerte zwei Jahre. Barney stürzte in der Zwischenzeit total ab, das gemeinsame Kind wurde vom Jugendamt abgeholt und in eine Pflegefamilie gebracht. Frank stellte bei Gericht einen Antrag und am Ende bekam er das Sorgerecht tatsächlich zugesprochen.

29. 5. 2000 Montag

Schon wieder mein letzter Tag auf Drogen.

30. 5. 2000 Dienstag

>Lieber Ulli, vielen Dank für den schönen Abend. Es war mal wieder ganz anders, darüber habe ich mich sehr gefreut. Ich hoffe nur, dass die braune Scheiße es nicht schafft, uns noch mal auseinander zu schieben.

Gruß, Petra«

31. 5. 2000 Mittwoch

Wir hatten gestern ein tierisch gutes Gespräch. Das sind die Gespräche, die ich so liebe mit dir. Alle Achtung Petra, du hast mir, ohne es zu wissen, einige Antworten gegeben. So wie du gestern drauf warst, gefällst du mir, auch wenn du ganz schön affig warst. Aber so kann man sich wenigstens ernsthaft mit dir unterhalten und du weißt es am nächsten Tag auch noch. Ich merke, dass ich mehr Vertrauen zu dir habe, wenn du clean bist. Ich kann dir dann Sachen sagen, die ich sonst nur geschrieben hätte. Du hilfst mir damit. Dass du mich bei der Entgiftung unterstützen und zu mir kommen willst, daran habe ich nicht mehr

118

geglaubt, vielleicht wegen Bernd oder so. Ich wollte dich fragen, aber so wie es dir ging, brauchtest du gerade selbst Hilfe. Ich bin allein zu schwach. Ich wünsche mir, dass wir gemeinsam clean werden und, dass uns das so schnell nicht wieder passiert. Du bist nämlich eine kleine süße Maus, die ich mit keiner Katze teilen will. Vom Alkohol lassen wir demnächst auch die Finger und lassen uns stattdessen ein schönes Hobby für dich einfallen, ok? Ich bete echt dafür, dass es dir nicht so schlecht geht, wenn du deine Hammerpillen bekommst. Süß, wie du dich für jede Kleinigkeit bedankst, ich weiß, du bist so erzogen worden. Es war auch schön, dass du nicht so kurz wie sonst geblieben bist. Dass du mich damit beschenkst, weißt du ja sicherlich.

2. 6. 2000 Freitag

Der Tag mit dir hat viele Gefühle wachgerufen und die sind nicht mehr traurig, wenn du dabei bist. Ich bin dankbar, dass ich dir zugucken kann, wie es dir von Tag zu Tag besser geht und, dass du mich mitgenommen hast zur Akupunktur, ist ja nicht selbstverständlich. Allein wäre ich da bestimmt nicht hingegangen. Ich bin megastolz auf dich, weil du nicht aufgibst. Danke für dein Vertrauen, als du mir Geschichten aus deiner Vergangenheit erzählt hast. Ich habe mich wie ein echter Freund gefühlt. Schade, dass es jede Frau nur einmal gibt. Du bist für mich tierisch stark. Ich hoffe, dass ich ab morgen auch mal stark sein kann. Aber ich bin froh, dass ich dir meine Schwächen zeigen kann, ohne dass du sie ausnutzt, das ist selten. Petra, ich schäme mich dafür, dass ich meinen Entzug schon wieder nicht durchhalte, beziehungsweise gar nicht richtig damit anfange. Ich werde mich bemühen, es in den nächsten Tagen zu schaffen. Wie du so schön erkannt hast, habe ich ja auch schon wieder großen Druck, ehrlich gesagt Panik davor, wieder im Knast zu landen.

Unter den Bewohnern der Hafenstraße waren harte Drogen verpönt und nicht geduldet. Ich versuchte, es zu verheimlichen, was natürlich nicht lange gut ging. Ich war jedoch nicht der einzige, der Heroin nahm. Meine erste Entgiftung fand in Moorburg statt, mit acht Bewohnern der Hafenstraße und drei Junkies. Es war gar nicht so klar, ob ich mitfahren durfte, denn ich wohnte ja nicht mehr in der Hafenstraße. Aber einen Tag vor Abfahrt machte Mischa sich für mich stark. So ging es für mich zur Entgiftung nach Moorburg. Das Haus wurde aus Hafenstraßenkasse bezahlt und billig war das bestimmt nicht. Wenn es mir da nicht so scheiße gegangen wäre, hätte ich es bestimmt schön romantisch und idyllisch gefunden, aber mit drei Junkies, die sich alle die Seele aus dem Leib kotzten, … Einer von den Jungs nahm das alles für irgendwelche Studien auf Video auf. Der hat echt alles gefilmt.

Damit die Entgiftung nicht ganz so trocken ablief, gab es Tramal zur Beruhigung. Das hat in dieser

Situation mal gar nichts gebracht. Ich hatte noch fünf Gramm Gift zuhause, das ich noch gekauft hatte, bevor wir zur Entgiftung fuhren. Warum ich das nicht weggeschmissen hatte? Erstens, war ich süchtig, und zweitens, sind fünf Gramm Heroin nicht wenig Geld. Wenn man es in kleinen Mengen abpackte, konnten das locker ein paar Hunderter sein. Es lag also bei mir zuhause und ich fragte mich nur noch, wie ich unbemerkt da hinkam. Es war ja nicht gleich um die Ecke, ich war in Moorburg. Das dauert, hin und zurück. Drei bis vier Tage überlegte ich, dann ging ich aus dem Haus und sah das Mountainbike eines Kollegen aus dem Hafen. Ich sagte, ich wolle kurz die Gegend erkunden, setzte mich auf und fuhr los zur S-Bahn Moorburg. Auf der Fahrt rechnete ich die Zeit aus, die ich wohl bräuchte, um nach Hamburg zu fahren, mir Heroin aufzukochen und zurück zu kommen. Den Rest wollte ich mitnehmen und da platt machen. Was soll ich sagen, das ging alles fürchterlich nach hinten los. Als ich irgendwann zurückkam, wollte man wissen, wo ich gewesen war. Ich war breit, das merkte man mir zwar nicht sofort an, aber da war noch etwas, das ich nicht wusste. Ich wurde in Hamburg von jemandem gesehen, der in Moorburg schon Bescheid gesagt hatte, sodass ich gar nicht groß Geschichten erzählen musste. Zum Glück oder Pech, denn ich glaube nicht, dass ich dann überhaupt nach St. Pauli gefahren wäre, war Mischa, die mir das alles ermöglicht hatte, gerade in Frankfurt und wollte erst in vier Tagen wiederkommen. Ich hätte mich vor ihr in Grund und Boden geschämt. Ich hatte sie sehr gerne.

Mehr als eine gute Freundschaft ist leider nie daraus geworden. Aber es ist eine Freundschaft, die bis heute gefestigt ist.

6. 6. 2000 Dienstag

»Stony, Stony, Stony!«, oder wird der Name anders geschrieben? Übrigens ist mir aufgefallen, dass du mit Daniela oder anderen Leuten ganz anders redest als mit mir. Du erzählst auch ganz andere Sachen, die du mir nicht erzählt hast. Na gut, das ist ja nicht wild, nur aufgefallen ist es mir. Wenn du dich mit Daniela unterhältst, komme ich gar nicht mehr zu Wort, wenn ich es nicht gleich sage oder beleidigt bin. Ich weiß ja, dass du aufgeregt warst und ich finde das nicht schlimm, aber ich komme mir dann überflüssig vor, was wahrscheinlich auch der Fall ist. Stimmt doch. Du und auch andere Leute, die wissen, dass ich Gift nehme, sagen, ich hätte das doch eigentlich gar nicht nötig. Ich habe eine Wohnung, Arbeit und Freunde, mit denen man reden kann, jedenfalls so, dass man gut damit leben kann, und doch gewinnt das Gift. Ich weiß auch, dass ich ein Problem mit Enttäuschung, Scheitern und Aufgeben habe. Wie du weißt, ist der leichteste Weg, sich »was rein zu tun«. Was natürlich ein Scheißspiel ist, ich weiß mir aber nicht anders zu helfen. Mir ist in dem Moment, wo es soweit ist, einfach alles egal. Geht gleich weiter, jetzt kommt erstmal GZSZ, weißt Bescheid.

Weiter geht's, Fernseher leise und Mucke aus, Konzentration ist wichtig bei wichtigen Sachen. Noch eine kleine Kritik, und zwar fällt mir auf, dass du sehr viel über dich redest. Du kannst dich wunderbar in den Mittelpunkt stellen, ganz toll machst du das. Ich glaube, es ist gut, wenn ich es dir mal sage. Du bist ein schlechter Zuhörer. Wenn ich dir von meinen Problemen erzähle, kommst du immer sofort auf dich zurück, vielleicht, weil du meine Probleme mit deinen vergleichst. Aber ich glaube, das ist falsch, weil wir zu verschieden sind. Wie heute mit dem Kleid. Das stand dir tierisch gut und du hast Daniela erzählt, dass du dich schwer dafür entscheiden kannst. Du würdest am liebsten, bevor du etwas kaufst, noch mal zehn Läden abklappern, falls es das gleiche Kleid in Baumwolle gibt oder billiger. Ist deine Sache, aber so kommst du zu nichts. Wenn du viel zu tun hast (Wohnung, Behörden, Hannover usw.), bekommst du gar nichts mehr gebacken, weil du keine Zeit hast. Es sind schon so viel Sachen passiert, die ich dir vorhergesagt habe. Wo du mich um Rat gefragt hast, obwohl du es eigentlich selbst schon wusstest, von mir auch noch die Bestätigung bekamst und es trotzdem anders gemacht hast. Stimmt's oder stimmt's nicht? Genug gemeckert.

Ich finde die Entscheidung, dass du keinen Alkohol mehr trinken willst, sehr gut. Weil, wenn es dir einigermaßen gut geht, kannst du auch besser auf mich eingehen und, weil ich dich tierisch lieb habe.

Deshalb glaube ich auch, dass du mir helfen kannst, clean zu werden und zu bleiben. Aber erst kommst du. Ich hoffe, dass der Brief bei deiner Freude auf Stony und deine anderen Freunde in Hannover nicht untergeht. Ich freue mich schon auf deine Rückkehr und auf deine Hilfe. Mal sehen, vielleicht ist da ja auch mal eine Nacht dabei, wenn ich entgifte oder bis dahin noch nicht ganz durch bin damit, die du bei mir verbringst. Du weißt ja, dass nichts passiert, was du nicht willst. Du bist übrigens die einzige Person in meinem erbärmlichen Leben, die mich so schnell gewonnen hat, mich dann doch nicht wollte und mit der ich mich trotzdem auf eine Freundschaft einlasse. Es ist aber auch das erste Mal für mich, dass ich so eine enge und vertrauensvolle Freundschaft zu einer Frau habe. Dafür liebe ich dich. Vielleicht kommen jetzt bald mal lebenswerte Jahre, für die sich das Leben gelohnt hat. Bis jetzt war es ja nicht so toll.

PS: Hättest du nicht schon einen Freund und wärst noch mit mir zusammen, würde ich um deine Hand anhalten.

Um süchtig zu sein, braucht man sehr viel Geld. Ich arbeitete auf Kampnagel und verkaufte Drogen, aber es reichte einfach nicht. Ich tat das, was viele Junkies in Hamburg zu dieser Zeit tun mussten. Ich ging in den Hafen und kloppte Schichten. Eine Schicht dauerte sechseinhalb Stunden und ergab einhundertzwanzig DM. Jeder konnte da einfach hingehen und schnelles Geld verdienen. Das gibt es heute nicht mehr. Damals gab es noch den Freihafen. Da konnte man sich auch ohne Geld durchfuttern. Wenn die Ware ankam und auf die Eisenbahn oder andere Schiffe verfrachtet wurde, konnte man immer mal was abhaben. Eine Tüte Orangen, eine Strickjacke oder Cowboystiefel. Alles wurde da umgeschlagen. Der Freihafen wurde 2013 abgeschafft. Auf den Brücken wurde man von Zollbeamten kontrolliert. Es gab eine richtige Grenze zwischen Stadt und Hafen. Der Hamburger Freihafen war ein Staat im Stadtstaat, könnte man sagen. Im Freihafen gab es eine eigene Polizei und ein Gericht, wo du innerhalb eines Tages verurteilt werden konntest.

Irgendwann setzte Mischa mir ein Ultimatum: »Entweder du hörst auf, hier harte Drogen zu nehmen oder du verlässt die Wohnung.« Ich bekam zwei Wochen Aufschub, aber dann musste ich wirklich gehen. Ich konnte meine Klamotten nirgendwo hinbringen, also ließ ich alles da. War eh nicht mehr viel, das meiste hatte ich verscheuert. Ich ging in den Park beim Nobistor und baute gegenüber der Aral Tankstelle ein Zelt auf. Da waren viele in den Büschen am Zelten, weil das so schön verdeckt ist. Eine Woche lang blieb ich dort. Frank hatte drei Brüder und einer davon schlief mit mir im Zelt, obwohl er eine Wohnung hatte. Er beschützte mich.

Eines Nachts hörte ich Stimmen: »Ausländer-Polizei, Ausweise und Brieftasche bitte.« Alles klar. Ich kam aus dem Zelt gekrochen und sah die Typen, die vor unserem Zelt standen und weckte erstmal meinen Beschützer. Ich war ja völlig wehrlos, ich war affig, ich schnallte nichts mehr. Er wurde wach und setzte seine Brille auf. »Dich kenn ich doch.«, sagte er. »Du wohnst doch da hinten.« Dann gab's auf die Fresse. Die wollten uns nämlich bloß ausrauben.

15. 7. 2000 Samstag

Heute Nacht ist Oma gestorben. Es war bestimmt eine Erlösung für sie. Bin hochdosiert und Petra kann mir nicht helfen, weil sie immer noch in Hannover ist. Die Zeit läuft mir davon. Sehnsucht, es tut so weh, dass die Tränen kommen. Vielleicht ist das ein Virus.

10. 7. 2000 Donnerstag

Beerdigung in Marne. Oma liegt jetzt neben Opa.

21. 8. 2000 Montag

Ich stehe allein neben mir. Heute war ich beim Hausarzt. Abszess am Po, eine offene Wunde am Fuß, sowie Rückfall. Einweisung nach Bokholt. Habe tierische Depressionen. Im Moment wohnt und schläft Petra bei mir, weil sie mit Bernd nicht mehr klarkommt. Glaube ich jedenfalls.

28. 8. 2000 Montag

Bokholt.

Natürlich passierte noch viel mehr in der Hafenstraße, zum Beispiel in der Barrikadenwoche. Das
war die heißeste Woche, die ich jemals erlebt habe
und nie vergessen werde. Ich arbeitete im »Onkel
Otto«[10] hinterm Tresen. Dort war's echt noch cool in
den Achtzigern. Es gab so viele Sympathisanten, dass
immer mehr Häuser besetzt werden konnten, zum
Beispiel das große, weiße am Ende der Bernhard-
Nocht-Straße. Es herrschten bürgerkriegsähnliche
Zustände mit Schützengräben und Ausweiskontrol-
len, Wasserwerfern mit CS-Gemisch, Panzerpollern
vor den Eingängen der Häuser, Stacheldraht auf den
Dächern und einem Radiosender, der »Radio Hafenstraße« hieß. Hunderte Polizeiautos wimmelten
durch St. Pauli und Umgebung, es wurden eine Woche lang Einsatzkräfte aus sämtlichen Bundesländern
zusammengezogen. In Alsterdorf baute die Polizei
die jeweiligen Häuser nach, um zu üben, wie man sie
am besten stürmt, ohne Menschenleben in Gefahr zu
bringen, was hoffentlich ein Witz war. Ich selbst habe
beobachtet, wie sie mit Wasserwerfern versuchten,
einzelne Personen vom Fenstersims zu schießen. Ein
Wunder, dass nicht viel passiert ist. Ein noch größeres

---

[10] »Onkel Otto«: Punkerkneipe in der Bernhard-Nocht-
Straße

Wunder, dass die Polizei keine Räumung erreichte, und an manchen Tagen, als die Barrikaden dann brannten, war es schon knapp für die Besetzer. Doch sie haben gewonnen, wie man heute weiß.

PETRA DIE ERSTE

22. 10. 2000

St. Pauli, Talstraße

Heute bekam ich von Norbert einen Schreibtisch geschenkt, da wir Stühle und Tische vom Bezirksamt Eimsbüttel abgeholt haben. Norbert, der Checker, kennt den Lagermeister vom Bezirksamt und hat ihn darum gebeten, sofort Bescheid zu geben, sollten dort Möbel ausrangiert werden. So kommt er immer mal wieder umsonst an Sitzmöglichkeiten und Tische für den Pudel und ich habe heute auch was davon. Der Schreibtisch ist geil und ich kann mich gut damit beschäftigen, vor allen Dingen schreiben. Das ist jetzt wichtig. Der Computer ist auch da. Ich kann ihn nur noch nicht abholen, da ich nicht genug Geld habe. Ich hatte auch mehr Bock, was mit Petra zu unternehmen. Wir waren im Kino in »Hollow Man«. Der Film war nur ein Film, aber es war ein schöner Tagesausklang.

23. 10. 2000

Arbeit- und Ganztagesbetreuung - AGB

Bin um 13:00 Uhr hier gewesen und habe beim Essen machen geholfen. Die Arbeit- und Ganztagesbetreuung ist eine ambulante Therapie bei »Jugend hilft Jugend«. Das ist ein Netzwerk stationärer und ambulanter Angebote für Drogenabhängige. Dort gibt es von KODROBS[11] über ambulante Rehabilitation bis zur stationären Langzeittherapie alles, was man vom ersten bis zum letzten Schritt aus der Abhängigkeit braucht. Theoretisch! In der AGB soll ich lernen, nicht nur clean zu leben, sondern, aus Gründen der Nachhaltigkeit, auch auf dem Arbeitsmarkt zu funktionieren. Das ist für mich eigentlich kein Thema, weil ich sowieso zu viel arbeite. Aber ich muss auch lernen, meine Freizeit zu strukturieren, um trotz der vielen Arbeit und sonstigem Frust nicht rückfällig zu werden. Ich bin zwar clean, aber eigentlich geht's mir scheiße und es wird mir zu viel am Wochenende. Das werde ich ändern müssen. Petra war gestern zu Besuch und sie war »zu« bis oben hin. Ich wollte mit ihr reden, aber es ging nicht, es war zu anstrengend. Wahrscheinlich hätte sie nur gegen mich angekämpft.

24. 10. 2000 20:10

Nieselregen. Kein Bock auf AGB. Bin im Moment sowieso lieber zuhause. War vorhin essen im Koch-Salon, Ravioli mit Steckrübenfüllung und Debracziner Würstchen mit frischem Parmesan. Das war mein Highlight heute. Sitze hier an meinem neuen Schreibtisch und rauche einen Stick. Petra hat sich noch nicht gemeldet. Dafür hat Elfi angerufen und nachmittags telefonierte ich mit Gerda. Alfred hat sich gestern auch gemeldet, er braucht wohl dringend sein Geld.

---

[11] »KODROBS«: Kontakt- und Drogenberatungsstelle

Mal sehen, vielleicht gibt es ja morgen Sozigeld. Wäre geil, dann kann ich den Computer endlich abholen. Bin tierisch gespannt darauf. Dieser scheiß Knastdruck ist wie eine Krücke, Justizkrücke, Scheißspiel, es ist immer irgendwas. Ich kenne das Gefühl, ohne irgendeinen Druck zu leben, gar nicht mehr. Da ist nur eine schwache Erinnerung daran, irgendwo in meinem Kopf.

26. 10. 2000 22:25

Bin ein bisschen traurig, weil Petra sich nicht meldet. Warum meldet sie sich nicht? Ich habe keinen Bock mehr, hinterher zu mailen oder zu telefonieren. Petra hat es schwer, das weiß ich auch, aber im Moment ist es so, dass man ihr nichts sagen kann ohne, dass sie kontert, also sie es besser weiß. Oder sie es einsieht und dann den Rest des Tages traurig darüber ist. Es gab mal eine Zeit, wie ich meine, wo sie den ein oder anderen Rat angenommen hat, und ich glaube, dass es ihr damit sehr gut ging. Na gut, das ist ja auch nur meine Sicht. Gestern bis heute morgen war ich arbeiten im Pudel und dann im Koch-Salon. In der AGB bastelten wir heute Collagen. Mein Fuß ist fast verheilt, aber ab und zu tut es noch weh. Na, und Highlight war diesmal ein Anruf von meiner einstigen Liebe Irene und ein Fax von Unbekannt.

27. 10. 2000 22:35

Heute morgen nach der Arbeit war ich mit Petra verabredet. Sie musste gleich wieder los, denn sie hat
endlich mal ein Wohnungsangebot bekommen. Um
13:00 Uhr war sie dann wieder da. Ich war noch müde
und hätte am liebsten ein bis zwei Stündchen länger
geschlafen, aber egal. Jedenfalls kam kein anständiges
Gespräch zustande. War auch ganz gut so, da Alfred
zu Besuch war. Er wollte natürlich Geld. Pech gehabt,
ich hatte keins und das sei, sagte ich, auch nicht so
schlimm, glaubte ich. Wir unterhielten uns dann ein
bisschen und kurz vor vier musste er gehen, da sein
verbilligter Fahrausweis von 16:00 bis 18:00 Uhr nicht
gilt. Auch wenn Petra und ich nur Smalltalk geführt
haben, fand ich es gut, dass sie da war. Hoffentlich
können wir bald mal wieder offen und ehrlich mitei-
nander reden, ohne dass es groß weh tut. Na, morgen
wollte Petra ja noch mal kommen, sie will sich zehn
Mark leihen. Vielleicht bringt sie ja ein bisschen Zeit
mit und wir können reden.

27. 10. 2000 19:15 Uhr, noch, denn heute Nacht werden die Uhren zurückgestellt

Um 5:30 Uhr heute morgen rief Stefan mich an und
wir trafen uns zum Frühstück im Pudel. Wir frühstücken meistens noch zusammen, bevor ich anfange,
aufzuräumen und er nach seinem Tresendienst nachhause geht. Ich hatte dort bis 9:00 Uhr zu tun. Norbert

kam vorbei, mit guter Laune. Den Koch-Salon hatte ich bis 10:00 Uhr fertig. Dann nachhause und erstmal ins Bett, eine Runde schlafen. Petra wollte dann auch bald kommen. Ich rief sie an, um zu fragen, wie es aussieht, auch mit Essen, na, und es sah gut aus! Es ist ja immer so eine Sache mit dem Essen, immer ein guter Vorwand, sich zu sehen, und wenn es schmeckt, kommt die gute Laune von ganz allein. Es gab Gulasch mit Rotkohl und Kartoffeln mit Gurkensalat. Es macht mir immer wieder Spaß, zu kochen, vor allem, wenn das Essen gut ankommt. Also Petra hat es geschmeckt und mir auch. Alfred war zwischendurch da und wollte Geld haben, aber das gab es leider wieder nicht, tut mir ja auch leid. Ich habe Petra schon zehn Mark geliehen, das geht in Ordnung. Ich bot ihr an, mir morgen im Koch-Salon zu helfen, da ich schwarze Tagliatelle machen muss. Das dauert immer so lang und wenn ich dann schon die ganze Nacht im Pudel gearbeitet habe, ist mir Hilfe ganz Recht. Wir unterhielten uns ganz gut, sie erzählte mir von ihren Problemen. Das war ein kleiner Erfolg und sie war ehrlich, glaube ich. Ach ja, ganz wichtig, ich habe mir gedacht, dass für mich und Petra mal eine Auslandsreise drin sein muss, so im Dezember vielleicht. Ich würde mich tierisch freuen, sollte es klappen. Zu Irene werde ich morgen doch nicht fahren, aus Gründen der Vernunft, weißt Bescheid. Scheißspiel, es ist als würde eine Stimme sagen: »Hey Ulli, spielen wir noch eine Runde, vielleicht hast du Glück und gewinnst diesmal.« Ich frage mich nur langsam, was. Ich muss einen Schlussstrich machen, darf keine

Hintertür offenstehen lassen. Ich schreibe ihr einen Brief, damit sie Bescheid weiß.

29. 10. 2000 22:30

Petra hat mich heute gut enttäuscht, da sie zugesagt hatte, mir im Koch-Salon zu helfen und kurz vorher absagte. Als Entschuldigung kam nur »sorry« und später wollte sie zu mir zum Essen kommen, aber sie hat sich nicht mehr gemeldet. Ich habe echt die Schnauze voll. Petra kommt dann, wenn sie meine Hilfe braucht. Bekommt sie von mir auch, so gut ich eben kann (gebe ihr noch meinen letzten Zehner und Telefongeld), aber das war's dann auch schon. »Schaue morgen mal rein, komme dann.« Ja, sicher, kann man doch nicht mehr ernst nehmen!

Als ich heute den Koch-Salon betrat, bekam ich einen Schock. Es wurde gefeiert. Halloweenparty und so sah es auch aus. Nach dem Aufräumen musste ich die schwarzen Tagliatelle machen, das hat sich vier Stunden hingezogen. Da hätte ich Petra gut gebrauchen können, aber anscheinend hat sie eine andere Geldquelle gefunden. Sie ist unzuverlässig und ich glaube fast, dass sie mich hier und da mal vorführt, im Sinne von anlügen. Sie hat eine merkwürdige Art, ihre Freundschaft zu zeigen, wenn sie es überhaupt je ernst gemeint hat. Bin mal gespannt auf ihre Ausrede.

1. 11. 2000 22:05

Auf dem Kiez war heute Bombenalarm. Eine 250 kg
schwere Bombe aus dem zweiten Weltkrieg. Ich war
auf dem Sozialamt, Geld abholen. Anschließend
kaufte ich mir ein geiles Bike für neunzig Mark, das
ist aber mindestens das Zwanzigfache wert, es fährt
sich richtig hammer! Dann habe ich endlich mal den
Brief an Irene ins DO IT![12] abgeschickt. Gestern war
Petra bei mir, ihr ging es nicht gut, irgendwas mit
dem Magen. Ich hatte gekocht für uns, aber sie konnte
nichts essen. Wir passten beide peinlichst genau auf,
unser Problem nicht anzusprechen. Ich, von meiner
Seite aus, tat es nicht, da ich das meiste bereits in einem Brief an sie niedergeschrieben hatte. Sie hatte
auch einen Brief an mich geschrieben. Ihrer ist ähnlich
wie meiner, mit einem Unterschied: Ich habe ihn mit
Berechnung geschrieben, aus Sehnsucht, weil sie
sonst nicht gekommen wäre. Morgen früh um 11:00
Uhr hat sie einen Gerichtstermin in Hannover. Ich
wünsche ihr von Herzen alles Gute. Wenn es so ist,
wie sie sagt, kann eigentlich nicht viel passieren. Aber
bei mir ist was passiert. Ich wurde zu einer Klassenreise mit dem Koch-Salon eingeladen. Ich freue mich
darauf, aber mit gemischten Gefühlen. Gestern und
heute war ich nicht in der AGB, in erster Linie wegen
Hasch. Pablo rief mich an und fragte, ob ich hin gehe.
Ich täuschte eine Lebensmittelvergiftung vor. Kein

---

[12] »DO IT! Hamburg«: Fachklinik für Rehabilitation, die
Menschen mit Drogenproblemen behandelt

Bock, Angst vor Auseinandersetzung, Unzufriedenheit und immer wieder innere Unruhe. Am späten Nachmittag rief Martina an, die Chefin der AGB. Sie wollte wissen, was los ist. Habe ihr erst die Lebensmittelgeschichte erzählt und dann doch, dass ich gekifft habe, was mich in ihren Augen rückfällig macht. Die AGB ist ja ganz nett, aber auf Therapie oder Teilzeittherapie habe ich einfach gar keinen Bock mehr. Ich glaube allerdings, dass ich das durchziehen muss, schon allein wegen §35.

23:05

Gerade war ein geiler Film im TV, »Die Verurteilten«. Ziemlich lang, aber gut. Er handelt von Knast und Freundschaft, echte Freundschaft. Es ging so tief, dass ich seit langem weinen musste, was echt selten bei mir vorkommt. Aber ich bin ja allein und keiner sieht es. Das letzte Mal als ich weinte, weinte ich wegen Petra, aber das ist schon länger her. Ich will doch nur innere Zufriedenheit und einen Freund, abgesehen von Gerda und Norbert. Dass das so schwer ist, hätte ich nie gedacht. Früher hatte ich es ja auch mal mit Familie und so versucht. 1985 hatte ich zum letzten Mal eine feste Freundin und die hieß ausgerechnet auch Petra. Zu ihr sagte ich mal mit tränenden Augen, dass ich immer allein bleiben werde und ich bin auf dem besten Weg dorthin.

Petra die Erste und ich lernten uns 1982 in der Jugendwohnung in Rahlstedt kennen. Sie stellte sich bei uns vor: »Ich habe mit anderen Leuten eigentlich nicht viel zu tun, nur mit Gott.« Das hat schon gelangt, ich wollte mit ihr auch nicht viel zu tun haben. Doch sie konnte bleiben und so kam alles anders. Petra die Erste wurde schwanger von mir. Doch das war damals noch nichts für mich. Jetzt ist unsere gemeinsame Tochter erwachsen und hat selbst Kinder. In der Hafenstraße hatte ich meine Tochter noch bei mir. Ich zog sie vier Jahre lang auf und dabei war das ganze Ding, die Beziehung mit Petra der Ersten, schon durch. Fast zwei Jahre verbrachten wir gemeinsam in der Jugendwohnung. Bis zu dem Tag, als ich auf der Straße stand und nicht eine Mark in der Tasche hatte.

Meine Freundin Petra hatten sie auch schon rausgeschmissen. Ich wusste, dass Petra die Erste nur bei ihrer Mutter sein konnte und ich wusste, wo die wohnte. Zu Gerda und Norbert konnte ich nicht, ich weiß nicht mehr warum, nur, dass ich auf keinen Fall da klingeln konnte. Ich fuhr also zu Petras Mutter nach Billstedt, was blieb mir anderes übrig. Es war grausam, sowas habe ich nie wieder erlebt. Petra die Erste hatte noch zwei Schwestern und einen Bruder und die hockten da alle zusammen in einem Hochhaus in Billstedt im vierzehnten Stock. Es gab keinen Platz für uns und so schliefen wir auf dem Fußboden. Ich konnte die Familie nicht ertragen. Nur Spinner und Intrigen. Ich ging zur Saga und konnte nach zwei Wochen in die Wohnung in Eilbek ziehen. Petra kam gleich mit. Alles schien gut, doch dann fing Petra die

Erste an, mich einzuengen. Ich konnte meine Freunde nicht mehr sehen, wann ich wollte. Ich durfte nicht mal mehr Brüche machen. So konnte ich kein Geld ranschaffen. Also musste ich ehrlich arbeiten, bei »Wittstock, Außenwerbung in Barsbüttel«. Wittstock machte Preisschilder für die ganzen Geschäfte hier, zum Beispiel »Peek und Cloppenburg«. Die habe ich gestanzt und ausgeschnitten. Dann bekam ich einen Anruf.

Moment, stimmt ja gar nicht, das war ganz anders.

Es war mitten in der Nacht, als es losging. Zuerst fuhren wir nach Barmbek ins Krankenhaus, doch die schickten uns wieder weg, weil die Abstände zwischen den Wehen noch zu groß waren. Mit dem Taxi ging es wieder nachhause und gerade als wir die Tür hinter uns schlossen, fing Petra an zu schreien. Alter, was weiß ich?! Ich rief den Notarzt. »Wenn sie das Kind nicht zuhause zur Welt bringen wollen, müssen wir jetzt einen Krankenwagen schicken.« Sie brachten uns in die Frauenklinik Finkenau, von wo aus ich erstmal meine Leute vom HSV Fanclub anrief. Es kamen zwanzig Mann von Hamburg Nord in die Baby-Klinik und fingen an, da mit den Rollstühlen zu jonglieren. Fünf Minuten lang, dann wurden wir rausgeschmissen. Ab ins Subito, einen saufen. Das »Subito« in der Schanze war ein Punkerladen von Clemens Gertler, der mit Norbert später die Gastro auf Kampnagel führte.

Meine Tochter Sabrina war geboren. Als sie auf der Welt war, musste sie erstmal für ein halbes Jahr im Barmbeker Krankenhaus in einem Gipsbett liegen. Nichts Schlimmes, aber es musste sofort behandelt werden. Alter, ich zur Arbeit, nachhause, zur Klinik, wieder nachhause, einen saufen willst du ja auch mal zwischendurch. Kollegen besuchen war nicht drin, Fußball auch nicht, Petra schloss mich wortwörtlich ein. Eines Tages floh ich über den Balkon und danach war echt vorbei, dann zog ich aus, zu Hartung nach Wandsbek. Doch Sabrina fehlte mir. Ich versuchte immer wieder, die Beziehung neu aufzubauen, aber am Ende ging das furchtbar schief.

Es war 1985 und ich saß im Knast, als Petra die Erste mir mitteilte, dass sie nichts mehr für mich empfand. Ich ließ nicht locker und als ich gerade Knasturlaub hatte, schien sich alles zum Guten zu wenden. Wir hatten uns richtig ausgesprochen und zwischen uns war alles wieder klar. Froh wie ich war, haute ich mir einen Joint und eine Pille rein und schlief friedlich ein. Als ich aufwachte, lag da so ein Zettel. Logisch, jetzt kann ich das nachvollziehen, aber damals noch nicht. Da stand: »Bin weg. Komme erst wieder, wenn du zurück im Knast bist.« Nicht mit mir, dachte ich und machte mich in sämtlichen Kneipen auf die Suche nach ihr. Ich fand sie nicht. Das Wochenende ging vorbei, montags musste ich wieder in den Knast und Norbert rief bei mir an. Er wollte mich abholen und reinbringen. Ich sagte: »Ich gehe nicht rein, bevor ich sie nicht gesehen habe. Das Ding muss noch geklärt werden, bevor ich wieder unter Verschluss bin.«

Tatsächlich klingelte kurz darauf das Telefon in der Wohnung. Sie war dran und fragte: »Wieso bist du denn noch da?« »Sieh zu, dass du Land hier reinkriegst, wir müssen was schnacken.« Sie kam, dann kam aber auch schon mein Onkel und ein Ereignis jagte das nächste. Sie ging auf mich zu, ich – *zack* -, sie: »Bist du nicht ganz dicht?« Norbert zog mich raus aus der Wohnung und brachte mich weg, zurück in den Knast. Damit war die Mutter meiner Tochter für mich gestorben. Ich war noch nicht mal im Knast angekommen, da hatte sie schon die Anzeige gemacht. Ich bekam alles gestrichen, zum Beispiel Hafturlaub.

Heute will ich doch bloß eine Freundin haben, aber irgendwie bekomme ich das nicht hin. Mit einem Bein bin ich schon wieder im Knast und mit dem anderen allein. Der Vorteil im Knast ist, dass man da immer jemanden zum Reden hat, fast zu jeder Zeit. Aber Knast bleibt Knast.

2. 11. 2000 1:00

Ich soll am Sonntag Tapas kochen in Mischas Laden. Weiß nicht, was ich davon halten soll. Man muss sich mal genauer über das Finanzielle unterhalten. Ich arbeite auch nicht mehr für lau.

3. 11. 2000 20:00

Heute war ich schon um 6:00 Uhr im Koch-Salon, um
den Backofen-Monteur reinzulassen. Vorher hatte ich
noch geputzt und mir siebzig Mark Abschlag aus der
Kasse genommen. Dann fuhr ich mit meinem neuen
Fahrrad zur AGB. Frühstück und anschließend Befindlichkeitsrunde und Wochenendvorbereitung. Für
mich war das ein echt gutes Gespräch. Habe ehrlich
mein Befinden geschildert und ein gutes Echo bekommen. Hat sich also gelohnt, da mal hinzugehen. Habe
mich mit Alfred getroffen und meine Schulden abbe-
zahlt. Dann hatte ich eine Verabredung mit Petra. Wir
unterhielten uns kurz und als sie dann plötzlich nachhause wollte, angeblich, um eine halbe Stunde allein
in Bernds Wohnung zu sein, versuchte ich, sie zum
Bleiben zu überreden. Ich bot ihr an, sie hier eine
halbe Stunde allein zu lassen, doch sie lehnte ab. Ich
habe das Gefühl, sie verschweigt mir etwas. Außerdem hat sie sich vor unserem Gespräch einen Druck
gemacht, ohne zu fragen. Ich will ihr wirklich gerne
helfen, weiß aber nicht, ob ich am Ende nicht der An-
geschissene bin.

4. 11 .2000 19:40

Stefan hat mich heute um 5:30 Uhr wach geklingelt
und so ging ich in den Pudel. Norbert war auch da,
das war auch ganz gut, da ich kein Geld mehr hatte.
Ich habe mir schließlich diese Woche ein Fahrrad und

einen Computer gekauft. Im Koch-Salon lernte ich meine Wochenendvertretung kennen, dem ich alles zeigen sollte. Habe ich auch gemacht. Er durfte gleich die Fenster putzen, dann Kartoffeln pellen und rote Beete kochen. Nachmittags war ich bei Stefan zuhause, wegen eines Computerprogramms. Hatte er natürlich nicht da, nur ein paar Spiele und eine Diskette, aber nicht das Programm. Da muss ich wohl noch ein bisschen warten. Petra kam dann noch mit einem schönen Geschenk für mich, es ist ein Tagebuch mit Siegellack und vielen kleinen Teilen. Finde ich ja echt nett, sowas. Kommt nicht oft vor, dass ich Geschenke bekomme. Wir rauchten einen und dann wollte Petra plötzlich zu Bernd, Stoff holen und dann gleich wiederkommen. Na, warten wir mal ab. Wie gestern habe ich immer noch das Gefühl, sie verheimlicht mir etwas. Bernd lässt den Macho raushängen und Petra kann sich nicht gut genug wehren. Ich erkenne das sowieso nicht als richtige Liebesbeziehung an. Es gibt »mein« und »dein« und deshalb natürlich auch viel Streit. Petra kratzt ihren klugen Kopf kaputt und ihr schöner Charakter geht vor die Hunde. Sie selbst merkt es nicht einmal. Sie behauptet zwar, dass sie es merkt, aber ich glaube, sie hat mit ihrer Sucht genug zu tun, sodass sie nicht großartig darauf achtet. Ich will mich um Petra kümmern, meinetwegen wie in einer Familie, aber da gehören zwei dazu. Ich kann sie mir gut in dieser Rolle vorstellen, ähnlich wie in Bokholt. Ich glaube, es ging uns beiden gut damit. Ohne Drogen. Ich bin der Meinung, dass wir das schaffen können, mit Hilfe von allen Seiten, die wir clean auch bekommen würden, da bin ich mir sicher. Träumerei. Jedenfalls guck ich nicht mehr lange zu, wie sie stirbt.

23:50

Petra hat sich gemeldet. Sie kommt heute nicht mehr.

6. 11 .2000

Oh Wunder! Gestern Abend kam sie endlich, blieb über Nacht, ist sogar noch hier und sie bleibt auch. Sie hat Stress mit Bernd und überhaupt, aber dazu schreibe ich noch mal extra, da ich jetzt zu breit bin. Heute morgen als ich zur Arbeit kam, sah es so aus, als hätte eine Bombe eingeschlagen. Im Koch-Salon war gestern eine Menge los, ich war auch da und habe eine Suppe gegessen und Tapas mitgenommen. Irene hat aus dem DO IT! angerufen, allerdings auf Petras Handy, da meins ausgeschaltet war. Darüber habe ich mich dann doch gefreut und sie kann es gar nicht abwarten, mich wiederzusehen. Sie fragte, ob noch stehe, was ich ihr mitteilte. Tja, das steht, trotz Freude. Gerdas Gips kam heute ab und das Ergebnis ist wohl nicht so, wie es sein soll. Das mit dem Haareschneiden machen wir jetzt spontan, da wir an unterschiedlichen Tagen Zeit haben. Vielleicht schaffen wir es diese Woche noch.

Man, ich bin schon wieder ganz unten. Heute geht es mir besonders schlecht, weil ich nicht stark genug war und es nicht aushielt, kein Gift zu nehmen, was ich mir eigentlich fest vorgenommen hatte. Das zehrt jetzt ganz schön an meinem Geist! Aber was soll ich machen? Ich weiß nicht weiter und ich weiß nicht, wo ich mir Hilfe holen kann. Wie komme ich da bloß wieder raus, ohne schweren Schaden davon zu tragen? Denn es geht wie immer voll ins Geld. Ich hätte schon locker eine Reise machen können und vielleicht ist es das, was mir fehlt. Deshalb wollte ich auch auf eine Reise sparen, aber das sind Träume, die niemals wahr werden.

Petra fuhr gestern zu Bernd. Heute kam sie wieder und lieh mir vierzig Mark für Stoff, den ich mir sonst nicht hätte kaufen können. Jetzt sind wir an einem Punkt angekommen, wo wir uns gegenseitig zerstören. Am liebsten »zu« machen, damit meine ich richtig »zu« machen, aber der Verstand sagt, das ist der falsche Weg. Ich weiß nicht weiter und dazu kommt noch, dass ich mit niemandem darüber reden kann. Gut, mit Petra, aber es ist schwer und anstrengend, da sie immer von meinen Problemen auf sich zurückkommt und es Kraft kostet das Gespräch wieder auf mich zu lenken und helfen? Weiß nicht, ob sie dazu überhaupt in der Lage ist. Sie wollte heute auf jeden Fall wiederkommen und ihre Anwesenheit ist schon eine Hilfe, da ich mich so allein fühle. Ich muss immer daran denken, dass ich auch ganz schnell wieder im Knast landen kann.

Heute werde ich mal wieder beten. Ich weiß ja, was mir fehlt. Mir fehlt ein Mensch, den ich gerne habe und der mich gerne hat. Eine Freundin, die für mich da ist, so, wie ich mir das vorstelle. Dann hätte ich auch keinen Grund mehr mich »zu« zu machen, da ich dann jemanden hätte, um den ich mich kümmern kann. Dann wäre da auch jemand, der auf mich aufpasst. Aber das ist reines Wunschdenken, da ich so einen Menschen schon so lange suche. Früher hatte ich Glück mit sowas. Da hatte ich eine Freundin, die nichts nahm, nichts trank und nicht rauchte, was ich heute natürlich begrüßen würde. Damals nicht.

Ab morgen werde ich noch mal versuchen, aufzuhören. Ich wünsche mir, dass es diesmal klappt und nicht nur die Türen. Man, ich war so stolz auf mich, als ich aus dem Knast kam, und die ganze Zeit, die ich dort war, bis auf Hasch nichts genommen hatte. Ich Idiot kenne das Leben ohne Drogen nur zu gut, es kann so schön sein. Aber nicht für mich. Ja wieso denn nicht für mich, ich muss doch nur aufhören!? So, Ende, aufhören!? Und Ende! Aufhören?!? Ende... Für heute ist das genug, mein schlaues Buch. Schlau, weil ich alles nachlesen kann, was wann, wo und wie passiert ist. Nur, um nicht an mir selbst zu zweifeln.

FINSTER

1985 …

Santa Fu, den 3. 7. 1985
Totenhaus

Ich habe beschlossen, hier in Fu ein Tagebuch zu führen. Ich glaube, ich habe den schlimmsten Knasttag hinter mir. Petra[13] hat mir heute einen tierischen Stoß verpasst. Ich habe Post von ihr bekommen, in der sie mir mitteilt, dass sie für mich nichts mehr empfindet. Es ist hart, aber leider wahr. Ich bin oder war bereit, alles für sie aufzugeben und mich total umzubauen, was ich jetzt aber auch ohne Petra durchziehen will. Tut mir nur leid für Sabrina, ich sehe sie immer seltener. Ich bin gespannt, was aus ihr wird, denn ich liebe sie sehr. Es ist schon ziemlich schlimm, sowas im Knast erfahren zu müssen. Ich höre gerade eine Kassette, die ich oft mit Petra zusammen gehört habe. Ich glaube, jetzt wo ich sie verloren habe, liebe ich sie noch mehr. Was kann ich tun? Vor einer Woche habe ich noch einen Liebesbrief von ihr erhalten, über den ich mich tierisch freute. Am Freitag, den 16.8. um 8:00 Uhr gehe ich raus auf Urlaub und keiner holt mich ab. Gut, dass ich hier zwei Kollegen habe, mit denen man über alles reden kann. Ich bin total am Boden zerstört, man! Jetzt stehe ich vor dem Nichts! Bin nichts, habe

---

[13] Petra die Erste

nichts. Zum Glück habe ich mir mal geschworen, niemals Selbstmord zu begehen, denn heute könnte man mal... Scheiß drauf, es ist und bleibt immer eine Flucht vor sich selbst. Hoffentlich ist der Psychotrip bald zu Ende, ist doch die Hölle auf Erden! Ich hoffe, sowas passiert mir nie wieder!!!

12. 7. 1985

Seit vier Tagen ist der Kampf gegen die Zigarette bei mir angesagt, denn ich will das Rauchen und Saufen aufgeben. Ich halte mich erstmal an Kraftsport, was anderes kann man hier ja doch nicht tun. Doch, Petra ganz schnell zu vergessen!

24. 8. 1985
Anstalt 8, Zelle 112 (im Keller)

Der Knast wird eintönig, das ist schlecht. Ein Süchtiger ist nicht nur in der Lage, sich selbst zu zerstören, sondern auch das, was er liebt. Petra hat nach meinem Entschuldigungsbrief noch nichts von sich hören lassen. Letzte Woche Freitag war ich einen Tag auf Urlaub bei Carla und Norbert. War ganz locker. Zu Petra wollte ich erstmal noch keinen Kontakt aufnehmen und vielleicht werde ich das auch nie wieder, mal sehen. Sind ja noch viele Sachen von mir bei ihr. Scheiß Nachbarin, so eine Neunmalkluge, scheiß drauf! Ansonsten verpasst man draußen nicht viel, alle haben

147

den Pleitegeier in den Taschen, weil sie zu blöd zum Arbeiten sind oder keinen Bock haben. Mir geht's einigermaßen oder wie man so schön sagt, den Umständen entsprechend. Mit Kraftsport setze ich gerade aus. Seit einer Woche liege ich jetzt auf einer Dreimannzelle, kommt ziemlich witzig und wenn alles klappt, kommt Finster auch bald runter. Sein Bruder ist LKW-Fahrer und fährt Kerosin für die Formel Eins in der ganzen Welt. Tja, der eine Bruder ist sauber, der andere ist kriminell.

Alfred Finster machte sich in den Siebzigern mit einem SE 280 auf den Weg nach Bayern. Er hatte sich eine Summe auf einen Zettel geschrieben, etwas zwischen fünfzig- und hunderttausend DM und wollte erst wiederkommen, wenn er das Geld zusammen hat. Beim letzten Bruch erwischten sie ihn. Er wurde observiert und schließlich im Hotel hochgenommen. Die Beute konnte er noch verstecken, nämlich im Daimler, im Lüftungsschacht. Die Bullen fanden das Geld auch nicht, aber sie konnten ihm trotzdem nachweisen, dass er es war. Anhand von Fingerabdrücken und all so 'nem Scheiß. Er wurde zu siebeneinhalb Jahren verurteilt.

1. 11. 1985

Gestern und vorgestern war ich zwei Tage auf Urlaub. Habe ein paar witzige Leute kennengelernt und bei Finsters Freundin geschlafen. Bei Petra war ich auch. Es war so abgesprochen, dass ich bei ihr schlafe,

148

aber nichts gab es, hat sich sowieso erledigt. Noch 13 Monate, wenn alles gut geht. Im Moment werden viele entlassen und der Knast wandelt sich mal wieder. Ist ungefähr das dritte Mal, seit ich hier bin. Beim Kraftsport habe ich mir eine Zerrung am rechten Oberarm geholt, habe wohl irgendwie zu viel Gewichte gehoben oder so. Morgen stehe ich um 5:00 Uhr auf, um für die Jungs von der Küche ein paar Kuchen zu backen, muss ja auch mal sein. Morgen sind außerdem die Dire Strats live in Hamburg und ich bekomme keinen Urlaub. Da freue ich mich doch schon seit über einem halben Jahr drauf! Tja, so ist der Knast.

9. 4. 1986

Heiligabend war ich bei Petra, danach Geburtstagsfeier, sie wollte dabei sein, kam aber nicht. Sie hat irgendeine Ausrede benutzt, aber das war auch schon egal. Habe sie im Januar und im März angeschrieben und keine Antwort bekommen. Dann rief sie überraschenderweise bei Gerda an und ich konnte Sabrina wiedersehen. Gerda und Norbert sind gerade wieder auf Urlaub in Frankreich. Elfi war gerade in Spanien. Naja, und ich bin in Hollywood.

4. 8. 1986

Ich habe jetzt noch gute fünf Monate. Petra hat die Wohnung aufgegeben und ist mit irgendeinem Freggel aus Osdorf zusammengezogen. Das bekomme ich nächstes Jahr in den Griff. Noch heißt es Knast schieben. Ich sitze am Tisch und ziehe mir den Mördersound von U2 rein und einen Nescafé in die Birne (ächz). Finster ist seit vier Wochen in Anstalt 2, wo ich mich natürlich nie sehen will. Der braune Löwe ist hier auf unsere Zelle gezogen an Finsters Stelle. Den haben wir, Honecker und ich, eingetauscht gegen so einen Spasti, den sie uns in die Zelle packen wollten. Habe gerade ein bisschen mit Norbert gesprochen, der lag hier vor meiner Zelle und hat sich gesonnt. Die Malocher kommen gleich von der Arbeit, dann hat man keine Ruhe mehr. Alles klar, das war's erstmal.

DER ABGRUND

*Meine Krankheit ist wie ein Band, eine Verbindung zu
den Toren der Himmel.
Wenn ich sterbe, ist keine Tür mehr verschlossen.
Wenn ich sterbe, geht jener Schmerz, das Wirken der
Welt.*

Ich weiß genau, wie ich sterbe. Zu neunzig Prozent
glaube ich, dass ich an einem Lungenödem ersticke
und morgens einfach nicht mehr aufwache. Dass ich
so alt bin wie ich bin, ist ja schon ein Wunder der Me-
dizin. Ich werde also im Schlaf ersticken. Wenn ich
Glück habe, wache ich im Krankenhaus wieder auf,
aber nur, wenn ich echt Glück habe. Dann ist alles irgendwie anders, neu, intensiver, ich passe besser auf
mich auf, beobachte mich und versuche, besser zu leben. Denn man bekommt ja eine neue Chance, ein
zweites Leben, auch wenn es in echt gar nicht so ist.
Meist ist das ein schönes Gefühl. Ich habe Glück gehabt. Ich lebe noch.

Meinen Körper habe ich aus heutiger Sicht in sechs
Monaten kaputt gemacht, als ich 1989 auf Spritzen
umstieg. Zu dieser Zeit war der Stoff auf der Straße
nicht besonders sauber. Beim Rauchen ist das nicht so
wild, aber dafür beim Kochen. Wenn der Dreck in den
Venen bleibt, entzündet sich die Stelle und wird dick,
eitrig und so weiter. Genau das passierte mir. Zuerst

151

war es mein linkes Bein, das matschig, löchrig und immer dicker wurde. Aufhören? Ging nicht, wirklich nicht. Ich lag in meinem Zimmer Nr. 4 in der Pension »Camelot«, wo ich gestrandet war. Da war er zum allerersten Mal: der Abgrund. Ich konnte heruntergucken. Es war genau drei Tage vor Silvester. Ich wohnte in einem vom Sozialamt bezahlten Einzelzimmer im Camelot im ersten Stock. Da war es lauter und kleiner als in jeder Knastzelle und ich kannte den Vergleich. Immerhin besser, als im Nobistorpark im Zelt zu pennen, denn das hatte ich gerade hinter mir. Norbert hatte mir das Zimmer organisiert. Das Haus stand auf dem Kiez, auf dem Hamburger Berg, und war in drei Läden aufgeteilt. Unten befand sich die Rezeption und Bar vom Camelot, dahinter der »Tempelhof«, ein Club von Norbert, na klar. Im oberen Stockwerk waren die Zimmer. Wenn im Tempelhof kein Betrieb mehr war, konnte ich dort arbeiten, meine Sucht einigermaßen finanzieren und befand mich automatisch in der Szene. Meine Heroinsucht versuchte ich zu diesem Zeitpunkt noch zu verstecken, obwohl man es mir kilometerweit ansehen konnte.

Zwei Tage vor Silvester war das linke Bein schon so dick angeschwollen, dass ich es nicht mehr bewegen konnte. Ausgerechnet dann erfuhr ich auch noch, dass ich ab dem 1.1. nicht mehr in meinem Zimmer wohnen konnte, denn das Amt wollte nichtmehr bezahlen. Ich musste also raus. Ein Plan musste her, doch woher? Gina, eine rumänische Krankenschwester, die im Camelot hinter dem Tresen arbeitete, hatte eine Dreizimmerwohnung in Wilhelmsburg. Sie kam als einzige Person in Frage, denn zu Gerda und Norbert ging gar nicht, mit dem Fuß und dem Gewissen. Bloß, wie sollte ich das organisieren, ohne über Silvester affig zu werden? Das ist nämlich so eine Sache mit dem Entzug. Wenn es dann soweit ist, kommt alles Mögliche aus allen Öffnungen gleichzeitig und dann ist alles zu spät. Jedenfalls würde Gina mich aufnehmen, das wusste ich, denn Gina wollte jemanden heiraten, um in Deutschland zu bleiben. Ich wusste das von Norbert, denn die Leute kamen mit den unterschiedlichsten Fragen zu ihm. Wie zum Beispiel: »Kennst du einen Deutschen, der heiraten würde?« Er hatte mich mehr im Scherz gefragt, aber ich wollte sofort wissen, wie das ablaufen sollte. Ich rief sie an, man kann sich das ja mal anhören und siehe da, ich konnte kommen, ich musste es nur noch von St. Pauli nach Wilhelmsburg schaffen. Eine Krücke zum Abstützen fand ich im Hotel. Mit einem kaputten, offenen Bein und einem noch einigermaßen zu gebrauchendem Bein fuhr ich mit Bahn und Bus zu Gina und ihren zwei Kindern. Zum Glück hatte ich im Hotel noch fünf Gramm Gift gekauft, das sollte für Silvester und meinen Geburtstag reichen. Da die Schmerzen aber immer schlimmer wurden, hielt es nicht lange. Gina wusste nicht, wie schlecht es um mich stand, und so unternahm sie, außer dass sie Gerda und Norbert informierte, nichts weiter. Sie fragte immer wieder, aber ich wusste sie gut zu beruhigen.

Bis zum 3.1. hielt ich es aus. Gerda und Norbert kamen ins Zimmer, sahen meine Beine und riefen sofort den Notarzt. Ich selbst bekam nicht mehr viel mit. Ein komisches Gefühl, ich war wie ferngesteuert. Sie untersuchten mich und legten mich auf eine Trage. Ich schrie vor Schmerzen, jede kleine Erschütterung tat weh. Sie brachten mich ins Wilhelmburger Krankenhaus Groß-Sand. Alle kamen mit, sogar die Kinder von Gina. Ich bekam endlich was gegen die Schmerzen. Dann erklärte mir der Oberarzt die Situation. Ich konnte dort keine Drogen nehmen. Stattdessen sollte ich Polamidon bekommen, was zu diesem Zeitpunkt neu für mich war. Ich musste ihm versprechen, dass mich keine Freunde, die Drogen mitbringen konnten, besuchen würden. Als ich ihm die Hand darauf gegeben hatte, sagte er: »Dann werde ich mich mal darum kümmern, dass du deine Beine behalten kannst.«, was ernst gemeint war. Er sagte mir außerdem, dass die Entzündung sich bereits bis auf die Lunge ausgebreitet hatte.

Da ich starker Raucher war, hatte ich ständig Schmacht. Ich schluckte so viele Medikamente, dass meine Kraft nach dem Aufwachen gerade so für eine unbemerkte Zigarette reichte. Zwei, dreimal ging es gut, dann schlief ich beim Rauchen ein und die Kippe schmorte ein Loch in die Bettdecke. Als die Schwestern den Qualm bemerkten, kippten sie drei Eimer Wasser aufs Bett. Man, waren die sauer, mir wurde alles weggenommen, Feuer und Zigaretten. Doch das war nicht weiter schlimm, denn dann wurde ich sowieso ins künstliche Koma gelegt. Ich musste stabilisiert werden und sobald ich wieder transport-fähig war, sollte ich ins AK Harburg verlegt werden, da die technischen Möglichkeiten für so eine umfangreiche Behandlung in Wilhelmsburg nicht gegeben waren. Dafür mussten mich Ärzte aus dem AK Harburg in Groß-Sand operieren. So ging es dann ab in die Dunkelheit.

Dunkel ging es weiter. Sobald ich transportfähig war, wurde ich nach Harburg verlegt. Was die Ärzte in Groß-Sand für mich getan hatten, wurde mir erst später klar. Wenn die nicht so Gas gegeben hätten, hätten sie mir die Beine unterhalb der Kniescheibe amputieren müssen. Danke dafür. Meine Beine wurden zwar gerettet, aber mir wurde dann in Harburg die nächste frohe Botschaft eröffnet. Ich hatte Wasser in der Lunge, nicht wenig, eineinhalb Liter. Ich lag im Bett, ein Bein links und ein Bein rechts. Auf der linken Seite hatten sie mir vierundsechzig und auf der rechten Seite vierunddreißig Antibiotika-Kugeln an einer Kette in die Wunde geschoben. Diese mussten jeden Tag gedreht werden, damit sie nicht mit dem Gewebe verwuchsen. Das nur nebenbei, ich hatte nämlich links und rechts Schläuche in den Lungenflügeln, die das Wasser abpumpten und diese Pumpen machten natürlich Geräusche – *psss, schsch, psss, schsch*. Den Kopf und die Hände konnte ich noch bewegen. Es dauerte ungefähr zwei Monate, bis ich dann wieder gehen konnte und auch musste - Rückfall. Leider wurde ich drei, vier Tage vor meiner offiziellen Entlassung bereits disziplinarisch entlassen.

Im Krankenhaus nahm ich zum ersten Mal Polamidon. Das heißt jedoch nicht, dass Rückfälle ausgeschlossen sind. Wenn man Drogen konsumiert, obwohl man sich in einem Substitutionsprogramm befindet, spricht man von Beikonsum. Manche verkaufen sogar die, auf Rezept erworbenen, Medikamente weiter, um Geld für Heroin zu haben. Eines Tages erzählte mir eine der Schwestern, ich hätte seit gestern schon kein Polamidon mehr bekommen und solle auch weiterhin keines mehr nehmen. Sofort wurde ich panisch. In meinem Kopf zählte nur noch der Gedanke, wie ich denn jetzt Stoff rankriege. Ich war zwar nicht affig, aber ich glaubte, nichts mehr gegen die Entzugsschmerzen im Körper zu haben. Die ja nicht von jetzt auf gleich da sind, aber die Angst davor. Ich war mir sicher, jeden Moment spielen Kopf und Bauch verrückt, dann bekomme ich Rücken- und Kopfschmerzen gemischt mit Schlappheit, Bewegungsunfähigkeit und Gereiztheit. Um das zu verhindern, ging ich nicht etwa zum Chefarzt, nein, ich ließ mir drei Stunden Urlaub geben und fuhr zum Hauptbahnhof, um mir Heroin zu kaufen und das dann, zurück im Krankenhaus, irgendwo auf der Toilette weg zu rauchen. Die Lunge funktionierte ja wieder einigermaßen, Venen hatte ich zu diesem Zeitpunkt schon nicht mehr. Chaos pur! Nur weil diese idiotische Schwester sagte, dass ich kein Pola mehr drin gehabt hätte, was sich als Unsinn entpuppte.

Ich chillte so rum, allein und völlig breit im Fernsehraum. Süßigkeiten, Kuscheldecke, Kissen und die Fernbedienung, ganz wichtig. Im TV kam der

Kultfilm »Blade Runner«. Ich drehte voll auf, denn da kam tierisch geile Mucke - genau das, was ich brauchte. Ich vergaß, dass ich im Krankenhaus war, drehte immer lauter und bekam Adrenalinschübe. Ich war einfach super drauf! Peinlich ist mir heute, dass in dieser Nacht zwei ältere Patienten starben. Beide hatten ihr Zimmer direkt neben dem Fernsehraum. Ich surf ab auf geiler Mucke und nebenan sterben Menschen! Der eine schlief einfach ein und der andere starb an einer Lungenentzündung. Da der Film sehr spät lief, kam ich erst um 6:30 Uhr aus dem Fernsehraum und lief direkt dem Chefarzt in die Arme. Blöd gelaufen. Ich war so unsicher, musste ihn aber irgendwie angucken. Ich wusste, dass er wusste, dass ich drauf war. Er kannte ja meine Geschichte und da ich am Vortag Ausgang hatte, war der Fall glasklar. Man teilte mir mit, dass ich eine Urinkontrolle abgeben musste. Ich packte lieber gleich meine Sachen und ging. Ich war zum Glück wieder frei und halbwegs gesund. Ich konnte wieder alles machen. Leider auch Gift nehmen.

Man tauscht und verkauft viel oder heiratet, so wie ich, um nicht kriminell zu werden, was man zwischendurch sowieso wird, denn der Stoff reicht nie. Als die Notärzte mich im Januar 1990 aus Ginas Wohnung in Wilhelmsburg abholten, glaubte ich noch nicht daran, dass ich Gina ernsthaft heiraten würde. Heute bin ich mir sicher, dass diese Entscheidung mir das Leben gerettet hat. Denn ich konnte nach meinem Rückfall wieder bei ihr einziehen. Sie hatte in der

Zwischenzeit eine größere Wohnung in Veddel gefunden und gab mir ein eigenes Zimmer, wo ich meiner Sucht in aller Ruhe nachgehen konnte. Den Rückfall bei meiner Entlassung nutzte ich jedoch bald, um ins Substitutionsprogramm zu kommen. Ich fand Polamidon nicht schlecht und wollte das mal zuhause ausprobieren. Als Schwerstabhängiger wurde ich sofort in der Ambulanz 3 in Harburg aufgenommen. Drei Tage musste ich noch mit Heroin überbrücken, dann kam ich wieder auf Pola. Gina hatte solange das Aufgebot beim Harburger Standesamt bestellt. Wir heirateten. Das war wirklich unspektakulär. Gina weinte zwar, jedoch nur aus Erleichterung über das Bleiberecht. Noch beim Standesamt bekam ich zehntausend Mark von ihr, eine von drei Raten. Das Geld verwahrte Norbert, da ich es sonst sofort für Drogen ausgegeben hätte. Wir vereinbarten, dass er mir regelmäßig nur ein bisschen davon gab. Eigentlich ging es mir gut. Ich musste bei Gina keine Miete zahlen, bekam immer noch Geld von ihr und für jede Unterschrift bei den Behörden gab es einhundert Mark extra und wir mussten oft zur Ausländerbehörde. Was die alles wissen wollten, ist nicht mehr normal. Zum Beispiel: »Was für eine Farbe hat die Bettwäsche, die sie gestern aufgezogen haben?«

Dank Pola verzichtete ich auf Heroin. So zwei bis drei Jahre. Dann wurde mir das zu langweilig. Umso nüchterner ich wurde, desto nutzloser fühlte ich mich. Bei Gina und mir waren ja keine Gefühle im Spiel. Ich wurde rückfällig und als Gina 1995, nach drei Jahren, ihre unbegrenzte Aufenthaltserlaubnis bekam, musste ich mir was einfallen lassen. Bei Gina konnte ich nicht mehr bleiben, also entschied ich mich für eine Entgiftung, um den Kopf mal wieder richtig frei zu kriegen und das ging für mich am besten in Ochsenzoll[14]. Dort hatte ich Zeit, mich neu zu sortieren. Unter diesen Umständen schien es mir leichter, das »schöne« Junkie-Leben aufzugeben und mal ein echtes anzufangen. Doch woher sollte ich so schnell eine Wohnung finden? Das ist immer ein Problem in Großstädten, doch in Hamburg gab es zu dieser Zeit sehr viel Unterstützung für Drogenabhängige. Das wollte ich endlich nutzen. Ich wollte unabhängig werden und anfangen, zu leben. Dass das so ein Kampf werden würde, hatte mir keiner gesagt.

Ich bewarb mich in Wandsbek bei der Krisenwohnung, so hieß der Laden auch. Eine Wohngemeinschaft in Wandsbek für drogenabhängige Aussteiger. Ich konnte mir nicht viel darunter vorstellen, deshalb fuhr ich hin, um mir das ganze anzugucken. Auch für die Krisenwohnung gab es einen Vertrag und der war auf sechs Monate befristet. Bis dahin sollte man mit Hilfe der Pädagogen eine eigene Wohnung gefunden haben. Sollte zu schaffen sein, sagten sie. Nach einem Vorgespräch riefen die Pädagogen, die die Krisenwohnung leiteten, mich im AKO an und gaben mir die Zusage. Nach der Entgiftung konnte ich einziehen. Fünf Jungs und zwei Mädchen wohnten da und es gab Regeln. Zum Beispiel Pünktlichkeit bei den

---

[14] »Asklepios Klinik Ochsenzoll«: Psychiatrie; heute: Asklepios Klinik Nord

Malzeiten, die, ob Frühstück oder Mittagessen aus organisatorischen Gründen immer erst am späten Nachmittag eingenommen wurden, da ohne Ende Behördengänge nötig waren. Das Geld, das man von der Behörde bekam, musste man der Krisenwohnung überschreiben. Die hatten dann die Vollmacht und einmal die Woche gab es Taschengeld. Wir mussten unsere Gemeinschaft selbst versorgen. So zu leben wäre eigentlich wirklich angenehm, wenn es denn klappen würde, was wir ja erst lernen sollten. Aber in so einer Gruppe herrscht die größte Rückfallgefahr, weil sich niemand mit sich selbst beschäftigen kann und jeder zurückblickt, wie scheiße das Leben bis jetzt war. Es war ja keine Therapie oder so, sondern Wohnen mit gewissen Regeln, und entweder man ändert die Regeln, oder man dehnt sie zu seinen Gunsten aus. Ausnahmslos alle waren rückfällig. Wir riskierten den Rausschmiss. Als die Pädagogen Wind davon bekamen, wurde die ganze Gruppe einberufen. Jeder bekam die Möglichkeit, offen zu reden und ohne Konsequenzen die Wahrheit zu sagen. Da leider alle rückfällig waren, beschlossen die Pädagogen, eine Woche mit uns aus Hamburg raus zu fahren. Das war die zweite Chance für die Gruppe. Ein Segelausflug sollte uns den Zugriff auf Drogen erschweren und den Beikonsum unmöglich machen.

Auf Fehmarn machten wir dann den Segelschein. Auf Staatskosten versteht sich. Das gab mir ein erhebendes Gefühl. Du lebst sozusagen das beste Leben und das auf Kosten des Staates. Ich hatte so viel Spaß, lernte auch das ein oder andere und mit etwas Glück sprang noch eine Wohnung plus Einrichtungsgeld für mich raus. Das stand mir alles sowieso zu, aber allein hätte ich nichts erreicht. Denn sobald sie rausbekommen, dass du süchtig bist, wirst du bei den Behörden nicht mehr ernst genommen. Damals wie heute. Wenn du aber Unterstützung von einer anderen Behörde hast, in diesem Fall der Krisenwohnung, bewegen sich die Damen und Herren viel schneller als normal schon, aber vor allem bei Süchtigen. Ein Jahr lang erreichte ich dennoch nichts als Rumgeschubse. 1996 zog ich schließlich in meine jetzige Wohnung in der Talstraße.

Amtsgericht Hamburg-Harburg

Geschäfts-Nr.:
632 F 96/97

Verkündet am:
1.7.97

URTEIL

Dultz
Justizangestellte
als Urkundsbeamtin
der Geschäftsstelle

Im Namen des Volkes

In der Familiensache

Georgeta Koch, geborene ███, geboren am ███ in
████████ Teleorman/Rumänien,
███████████████, 21109 Hamburg
                    – Antragstellerin –

Prozeßbevollmächtigter:
Rechtsanwalt ███████, ███████, 20099 Hamburg,
Gz: B-47/97

gegen

Ulrich Koch, geboren am 8.1.59 in Marne, Krs. Dithmarschen,
Tonndorfer Hauptstr. 60, 22045 Hamburg
                    – Antragsgegner –

erkennt das Amtsgericht Hamburg-Harburg, Abteilung 632,
durch den Richter am Amtsgericht Beyer
aufgrund der am 1.7.97 geschlossenen mündlichen Verhandlung
für Recht:

Die am 18.2.93 vor dem Standesbeamten in Hamburg-Harburg (0071) geschlossene
Ehe der Parteien wird geschieden.

Die Kosten des Rechtsstreits werden gegeneinander aufgehoben.

- 2 -

162

ANSTATT EINFACH MAL AUFZUHÖREN

10. 11. 2000 22:25

Heute schlug ich mir den Kopf auf, eine dicke Beule mit Schürfwunde, sowas kann auch nur mir passieren. Als ich bei Günter das Fahrrad anschloss und wieder hochkam, knallte ich mit voller Wucht gegen einen Baum, der direkt hinter mir stand. Man, das tat gut weh! Es blutete auch. Petra ist immer noch bei mir und bleibt auch hier die nächsten Tage. Ist ok, aber bitte ohne Spritzen! Denn dann ist der Ärger vorprogrammiert. Sie hat mir netterweise fünfzig Mark geliehen, sodass ich heute gut durch den Tag kam. Wir unterhielten uns echt prima, das dachte ich zumindest, aber dann, wie aus heiterem Himmel, wollte sie sich einen Druck machen. Sie war dabei so bestimmt, dass es keine Chance gab, sie davon abzuhalten Sie sagte: »Entweder ich kann es hier machen, oder ich geh raus.« Damit hat sie mir mal wieder voll eine verpasst, tat weh. Aber das hilft ja auch nicht, es geht schon irgendwie weiter. Abends fuhr Petra dann zu Bernd, um ihm seinen Stoff zu bringen und als Dank dafür, durfte sie ganz gehen und ihm den Haustürschlüssel zurückgeben. Toller Typ, Freund, Kollege, was auch immer. Jetzt wohnt Petra erstmal bei mir. Ich hoffe nur, dass sie am Wochenende keinen Mist macht, ich fahre nämlich mit dem Koch-Salon in die Lüneburger Heide. Wird schon gut gehen.

11. 11. 2000
Irgendwo bei Lüneburg auf dem Land

»JE PENSE À TOI - THINKING OF YOU
Lieber Ulli, du kannst dir wahrscheinlich vorstellen, wie kostbar die Zeit für einen werden
kann, wenn man kaum Raum hat, sie zu leben.
Ich möchte dir von ganzem Herzen danken,
dass du deinen Raum mit mir teilst, dass du
mir Zuflucht gewährst. Nur möchte dieses
Kärtchen Ausdruck meiner Dankbarkeit und
Achtung dir gegenüber sein. Deshalb lass ich
allen Kummer hier beiseite und hoffe du er-
freust dich dieser kleinen Aufmerksamkeit. Ich
wünsche dir eine gute Reise und ein anregen-
des, ja, lachendes Wochenende. Fühl dich ganz
lieb umarmt und geküsst.

Absender Milchstraße, Space Palace«

Wenn man sie nicht kennt, oder anders, wenn man sie
kennt und dann den Brief liest, denkt man nicht, dass
ihn dieselbe Frau geschrieben hat. Hoffentlich macht
sie keinen Scheiß in meiner Wohnung, während ich
weg bin. Es sind ja im Grunde nur ein paar Stunden.
Mit Christian und dem Hausbewohner, der über dem
Koch-Salon wohnt, fuhren wir nachmittags mit einem
Benz los. Norbert schickte mir noch eine E-Mail und
rief an, um mich darauf aufmerksam zu machen, die

Finger von allem zu lassen, was breit macht. Ist ok. Um 16:30 Uhr kamen wir an und stürzten uns gleich auf die Übernachtungsräume. Zuerst bekam ich keinen Platz ab, aber dann fand Angie mit seinem Sohn eine bessere Übernachtungsstätte im zweiten Haus und ich konnte seine Matratze haben. Habe mich dann gleich ausgebreitet. Nach einem kurzen Begrüßungsdrink wurden wir in Gruppen eingeteilt. Jede Gruppe hat eine entsprechende Aufgabe, zum Beispiel Abendbrot, Mitternachtssuppe oder Abwaschen. Dann wurde wiederum die ganze Gruppe in zwei Gruppen für die Schatzsuche eingeteilt. Jetzt gibt es gleich was zu essen, da muss ich erstmal schauen.

13. 11. 2000
Talstraße

Gestern war die Klassenreise vorbei. Mit den Drogen ist es einigermaßen gut gegangen. Es wurden viele Joints geraucht, wovon ich aber nur bei einem Ding mitrauchte. Morgens beim Frühstück dachte ich auch an Petra und brachte ihr für einen Sticky was mit. Seit Sonntagnachmittag bin ich wieder zuhause, Christian fuhr mich bis vor die Haustür. Abends kochte Petra für uns Milchreis, der ist auch sehr gut geworden, davon kann ich nie genug bekommen. Man konnte heute gut mit ihr reden, besser gesagt, Petra hat heute massenhaft geredet, viel durcheinander, aber es ging noch. Es hat mich ein bisschen enttäuscht, dass sie sich einen Druck machte, trotz meiner Bitte, es zu lassen.

Heute hätte ich eigentlich in die AGB gemusst, da ich aber einen Termin bei KODROBS hatte, konnte ich nicht hin. Das ist natürlich wichtiger, wegen meines kontrolliert unkontrollierten Konsums. Zuerst war ich bei meinem Hausarzt, wir verfassten einen Sozialbericht, den ich gleich mitnehmen konnte zu meinem Termin am Nachmittag bei KODROBS. Den gingen wir dann dort zusammen mit meinem Lebenslauf durch und morgen geht ein Brief an die Landesversicherungsanstalt raus. So vier bis sechs Wochen wird es wohl noch dauern, bis die sich melden. Dann kommt der Ernst, dann fängt die teilstationäre Therapie bei Jugend hilft Jugend an.

15. 11. 2000 22:55

Ich bin mal wieder auf eine Party in der Roten Flora eingeladen. Die Party wird von Freunden aus dem Koch-Salon organisiert. Sie haben ein bisschen Angst, dass die Fete in die Hose geht. Gestern Abend nahm ich zwei Bilder von mir und eine Maske mit in den Koch-Salon, um mal die Meinung der anderen über meine Kunst zu hören. Oh Wunder, oh Wunder, Angie bestellte gleich eine Spiderman Maske bei mir. Na, und die anderen interessierten sich sehr für meine Bilder und fragten, ob ich die nicht mal im Koch-Salon ausstellen will. Aber ich denke, dass ich noch nicht genug habe. Vielleicht fehlt mir aber auch bloß der

Mut. Na, mal abwarten. Heute habe ich zum ersten Mal Dessert gemacht, Dithmarscher Mehlbeutel mit Kirschsoße. Mir schmeckte es sehr gut. Mein Hintergedanke war dabei, dass ich das jetzt vielleicht öfter machen darf, vom Putzen wegkomme und mich in Zukunft um Pasta und Desserts kümmere. Habe immerhin zum ersten Mal Tip bekommen, fünf Mark, das hat mich sehr gefreut, denn jetzt bin ich im Gespräch bei der Chefin. Petra hat ein Zimmer zugewiesen bekommen, endlich mal was Handfestes für sie. Man kann in Hamburg bei der Wohnungssuche ja auch wirklich verzweifeln, besonders, wenn man in einem bestimmten Stadtteil sucht, so wie wir heute. Irgendwann explodierten wir regelrecht und machten uns gegenseitig an, aber anschließend sprachen wir uns aus. Das finde ich viel besser, als gar nicht zu streiten, weil dadurch unsere Freundschaft wieder etwas verlängert wird. Jeder braucht einen Freund. Dem einen gelingt es, einen Menschenfreund zu finden, und der andere findet ihn in den Drogen.

21. 11. 2000 00:10

Petra wohnt immer noch bei mir, was für mich ganz schön ist. Es ist manchmal nicht leicht, aber ich bin nicht allein und ich denke mal, dass es für Petra auch nicht unangenehm ist. Am Sonntag waren wir auf dem Dom, um was zu naschen und dann in einem »Sehnarium«. Das Ding war echt geil, mit Lasershow und so. Unter anderem hat es geregnet, geschneit und man konnte Seifenblasen sowie Rauch und Feuer und ein Gesicht sehen, das mit Laser auf eine durchsichtige Leinwand projiziert wurde und eine Geschichte erzählte. Fünf Mark Eintritt waren für mich in Ordnung und Petra hat es auch gut gefallen. War mal was anderes. Apropos Computer, ich bekomme endlich das Computerprogramm »Windows 98«. Bin echt gespannt, wie das abgeht.

22. 11. 2000 21:55

Die Tage werden immer schlimmer. Heute haben sie mir das Kabelfernsehen abgestellt, weil ich es nicht bezahlen kann. Naja, ich habe ja noch die normalen Programme. Petra war heute arbeiten und hat ihren ganzen Lohn beigesteuert. Wir hatten mal wieder eine gute Unterhaltung, die uns hoffentlich ein bisschen weiterbringt. Was mir tierisch auffällt und was ich auch von mir kenne, Petra braucht ziemlich lange, um auf den Punkt zu kommen. Es stört mich nicht sehr, aber sie macht es auch bei unwichtigen Sachen, und zwar in übertriebener Weise einen Roman daraus.

Heute Nachmittag brachte ich die Spiderman Maske für Angie in den Koch-Salon. Ist lange her, dass ich mal was von meinen selbstgebastelten Sachen verkauft habe und darüber freue ich mich. Bei der AGB war ich heute wieder nicht, aber ich rief auf Petras Drängen hin dort an und das war auch gut so, denn sie hatten mich bereits von der Liste genommen, nach meinem Anruf aber zum Glück gleich wieder draufgesetzt.

25. 11. 2000 21:45

Gestern war ich mit Petra bei Mischa im Geschäft, damit sie mal eine Freundin von mir kennenlernt. Ich hatte den Eindruck, dass bei den beiden tatsächlich eine Freundschaft entstehen könnte. Petra hatte heute einen Besichtigungstermin in der Max-Brauer-Allee im Drogenhaus. Man, ich war ja mit, beim ersten Mal. Frech und abzockmäßig drauf, der Vermittler! Das ist ganz sicher nichts für Petra. Da geht sie unter, aber das weiß sie selbst und deshalb bemüht sie sich auch weiter. Sie hat es wirklich schwer in letzter Zeit.

9. 1. 2001 1:35

Silvester verbrachte ich bis 1:00 Uhr mit Petra, dann war ich im Pudel bis 13:00 Uhr. Am nächsten Tag hatte ich nicht frei, es ging im Koch-Salon gleich weiter: Renovieren und das nicht nur einen Tag lang. Bis zum 5.1. habe ich täglich geholfen. Gestern hatte ich dann Geburtstag. Ich kann mich kaum noch erinnern, aber ein paar Sachen sind hängengeblieben. Wie zum Beispiel, dass Norbert mir ein kaltes Buffet zugeschanzt hat, tierisch cool von ihm. Er hatte da bestimmt auch nicht die größte Lust zu, denn heute muss er Essen für achtzig bis hundert Personen zubereiten, und das teilweise warm. Ich bekam kostspielige Geschenke, worüber ich mich natürlich freue, aber irgendwie habe ich auch ein schlechtes Gewissen dabei. Stefan hat mir einen Joystick für meinen PC geschenkt und eine Telefonkarte über fünfzig Mark, man, man, man.

Die Beziehung zu Petra ist fast unerträglich, dabei kann sie so lieb und schön sein. Tja, alles weg. Seit zwei Tagen versuche ich, eine vernünftige Unterhaltung mit ihr zu führen. Gestern wollte ich ganz entspannt mit ihr frühstücken. Dann hatte sie keine Zeit, musste dringende Behörden- oder Arztsachen erledigen, aber trotzdem waren wir verabredet! Ich lege ihr gleich ein gutes Päckchen Hasch hin (meiner Meinung nach locker ein Zwanni) und einen Zettel, auf dem steht, dass ich nach der Arbeit mit ihr ein paar Brötchen verdrücken und mich dabei unterhalten will.

10. 1. 2001 22:42

Auf meine baldige Entgiftung komme ich nicht wirklich klar. Ich darf gar nicht groß darüber nachdenken, sonst bekomme ich Depressionen, wie gehabt. Ich hoffe ja, dass ich es noch im Januar schaffe, selbstständig zu entziehen. Das wäre für mich ein erster großer Schritt ins Leben. Erstmal sehen und die Hauptsache ist doch, dass ich nicht in den Knast zurück muss. Petra wohnt immer noch bei mir und das geht nicht mehr, sie macht mir sehr viel kaputt, das sagt mir mein Gefühl. Sie kann einfach nicht anders und ist seelisch ganz schön angeknackst. Sie braucht professionelle Hilfe. Finanziell kann ich das auch nicht mehr lange.

29. 1. 2001 20:45

Ich komme, wie vorauszusehen war, immer tiefer in Schwierigkeiten und immer dichter an den Knast. Irgendwie muss es doch zu schaffen sein, aus eigener Kraft aufzuhören. Willenskraft ist angesagt, da bewundere ich Norbert, der hat das drauf. Der hat vor einem Jahr aufgehört zu rauchen und zieht das voll durch. Norbert hat Diabetes bekommen und musste seine Essensgewohnheiten und seinen Lebensstil ändern. Jetzt bin ich an der Reihe. Ich muss auch mal Stärke zeigen, sonst bin ich tot. Habe Herzstiche und wie ich die Lunge beurteile, ist sie schwarz. Petra ist gerade gekommen und hat einen Zehner Gras mitgebracht.

6. 2. 2001 20:35

Im Moment habe ich keinen zum Reden und tierischen Druck. Gerda und Norbert kann ich nicht schon wieder mit meinen Problemen belästigen, sie haben ja sowieso Recht und genug mit sich selbst zu tun. Es ist so viel passiert in den letzten Monaten. Kränkung, Enttäuschung und Unverständnis. Petra habe ich letzte Woche vor die Wahl gestellt. Sie hat mich ein paar Stunden warten lassen und als sie dann endlich kam, gab es natürlich Stress. Als sie dann auch noch meinte, dass sie in Zukunft gleich ganz wegbleiben kann, stimmte ich ihr zu und sagte, dass sie auch gleich die Schlüssel dalassen soll und so kam es dann auch.

Ich will wieder selbstbewusst sein, stark gegenüber anderen, aber das geht eben nur mit einer Hundertachtziggraddrehung, und ich schaffe das! Ich muss es schaffen! Sonst geht es in den Knast, also Ulli, streng dich an!

Ich strenge mich an ...
AB JETZT 6. 2. 2001 21:06 Uhr

..., denn ich will noch ein bisschen leben!

15. 2. 2001 10:52

Mir platzt der Schädel vom Grübeln. Anstatt einfach mal aufzuhören! Gestern Abend war Gerda zum Essen da, war echt gut, aber ich kann mich einfach nicht dazu durchringen, mit ihr oder Norbert offen und ehrlich über meinen Konsum zu reden, weil es ja immer das Gleiche ist, Sucht, Sucht, Sucht. Hässliche Kreise, die ich auch sehe, aber wie in einem Strudel, zieht es mich unweigerlich nach unten. Ich sehe zu und kann nichts machen. Es tut mir selbst weh, aber ich kann es nur immer wieder versuchen. Im Moment

172

denke ich an nichts anderes als Knast, Therapie, Staatsanwaltschaft, Auflagen, Entgiftung usw.

24. 2. 2001 15:50

»Mein geliebter Freund, Ich mache mir Sorgen um dich! Glaube mir, ich wäre untröstlich, solltest du je wieder in den Knast gehen und wenn ich auch dann zu dir stehe. Du hast dir so viel aufgebaut, mir hast du ja auch geholfen. Es kann doch nicht alles umsonst gewesen sein! Ich wäre lieber bei dir, als da wo ich jetzt bin, obwohl ich es eigentlich noch ganz gut habe und es geht ja auch nicht mehr anders. Wäre dennoch schön, wenn ich auch mal wieder bei dir übernachten kann und wir uns einen gemütlichen Abend machen. Naja, wie auch immer. Ich bin für dich da und wünsche dir die Kraft, die du jetzt brauchst!

Alles Liebe, deine Freundin Petra«

Angst. Zum Beispiel vor Ablehnung oder vor Veränderung. Ich weiß nicht genau, wie ich da durchsteigen soll. Angst vor Sachen, vor denen ich, glaube ich mal, gar keine Angst haben muss.

2. 3. 2001 23:55

Habe mir gerade einen Druck gemacht. Ist eigentlich noch nicht nötig, aber jetzt warte ich acht bis neun Stunden bis zum nächsten. Der Abstand muss größer werden, Scheißspiel. Heute war ich bei KODROBS, habe einen Entgiftungstermin in Bokholt zum 9.4. Hoffentlich hält der Staatsanwalt so lange still. Ich bete echt, dass das noch mal langt für den Herrn Oberstaatsanwalt! Gerda und Norbert habe ich nichts davon erzählt. Warum weiß ich nicht genau. Da kommt die Angst wieder. Ich will sie nicht mit reinziehen, sie haben schon genug Ärger mit mir gehabt, ich will sie einfach nicht mehr belasten. Norbert und Gerda ahnen bestimmt sowieso, dass ich rückfällig bin. Es ist eben so wie es ist. Ich muss dringend mal wieder zum Hausarzt, Herz und Lunge checken lassen. Habe da ab und zu Stiche und Piekser. Vom Gift? Niemals!

12. 3. 2001 2:40

Petra ist gerade ausgezogen, da ruft Irene an und fragt, ob sie ein paar Tage bei mir bleiben kann. Man, hätte ich das bloß nicht zugesagt. Das ist ganz schön anstrengend für mich, weil sie irgendwie so naiv ist. Habe Irene angewiesen, Petra nicht reinzulassen, während ich weg bin. Erstens, weil sie noch Hasch-Schulden bei mir hat und zweitens, weil ich es so will.

Ich habe Angst vor dem Knast, hoffentlich hat der Staatsanwalt noch bis April Geduld mit mir. Dann geht es hart zur Sache, Entgiftung mit anschließender Therapie, zehn Monate lang. Ich gebe mir noch diese eine letzte Chance, danach ist Feierabend. Ich habe so viel auf dem Herzen, es ist schwer, es bei mir zu halten und es wird immer schwerer.

23. 3. 2001 23:18

Gerda, Norbert, Elfi und ich waren heute bei Oma und Opas Grab. Das ist echt immer ein schönes Erlebnis, so ein Ausflug in die heile Welt. Ich muss mir Urlaub nehmen und zwar so schnell wie möglich. Brauche Ersatz im Koch-Salon und im Pudel während ich in Bokholt bin.

31. 3. 2001 22:15

Habe Petra seit zwei Tagen zu Besuch.

1. 4. 2001 21:50

Ich musste mir die Wohnungsschlüssel erneut zurückgeben lassen. Sie hat in der Wohnung gekokst. Das Ätzende daran ist, dass sie dann nicht mehr weiß, was sie sagt oder macht. Sie ist mir nicht egal, aber ich habe kaum noch Kraft für mich selbst. Heute Nacht konnte ich arbeiten und ein bisschen mehr verdienen, was ich gut gebrauchen kann. Habe im Pudel einen Haschbunker gefunden, zehn Stücke, nicht schlecht! Am 9.4. muss ich mal wieder nach Bokholt zum Entgiften und anschließend zehn Monate in teilstationäre Therapie bei Jugend hilft Jugend. Morgen will ich es Gerda und Norbert erzählen. Norbert passt das zeitlich nicht, das weiß ich jetzt schon, weil Ostern ist und über Ostern im Pudel die Sau los ist. Scheiße, hoffentlich wird es nicht so schlimm in Bokholt und hoffentlich machen Gerda und Norbert mir keine Vorwürfe. Ich habe die Schnauze gestrichen voll von diesem »Bücklingsleben«. Vielleicht finde ich ja auch mal zu mir selbst, dann ist das Alleinsein nicht mehr so schlimm. Oder ich nehme es dann anders wahr, was weiß ich.

5. 4. 2001 23:45

Gestern war ich mit Peter zum Frühstück im Koch-Salon verabredet. Er guckte sich den Job an, er soll mich vertreten während meiner Entgiftung in Bokholt. Am Sonntag bekommt er den Schlüssel von mir. Peter hatte acht Tütchen Gras gefunden, das wir nach der Arbeit rauchten. Dann war ich bei Gerda und ließ mir endlich die Haare schneiden. Gerda hat beim Haareschneiden bemerkt, dass ich breit bin. Ich hatte so ein schlechtes Gewissen, dass ich nichts Anständiges über die Lippen brachte. Heute rief sie mich an und bot mir an, einen Teil meiner Wäsche zu waschen. Echt nett von ihr, vor allem, weil sie gerade Urlaub hat. Ich hoffe ja, dass ich den beiden bald mal was Erfreuliches vorweisen kann. Das sind die einzigen Freunde, die immer für mich da sind. Ohne sie, wäre ich schon nicht mehr am Leben. Ich kann das mit nichts aufwiegen.

6. 4. 2001 13:00

»Lieber Ulli, es ist mir nicht leichtgefallen, dich um deine Nähe zu bitten, vor allem, weil ich dich hab warten lassen. Das ist der Drogenwahn und ich habe Angst. Wenn ich die ganze Zeit allein bin, werde ich früher oder später sterben, das kann ich fühlen. Ich glaube, dass ich mittlerweile nicht mehr nur positiv bin. Ich habe Aids. Ich fühle mich so wahnsinnig allein und verlassen mit meinen Ängsten. Mein Körper schleppt sich seit Tagen nur mit größter Anstrengung durch die Gegend. Keine Kraft, erschöpft und ausgebrannt. Du bist beinahe zu beneiden, in Bokholt erwartet dich nicht nur der Schmerz, auch viel Wärme und liebenswerte Menschen, die dich umsorgen - du bist nicht allein! Ich betäube meinen Kopf, weil ich verzweifelt bin. Ich will kein Mitleid, aber das mit der Immunschwäche macht mir doch ganz schön zu schaffen. Ich nehme ab, obwohl ich esse - das nennt man Ausbruch! Einige deiner Worte tun mir sehr weh, obgleich du ja größtenteils Recht hast. Aber glaub mal nicht, dass nur du allein leidest. Die Tage, Stunden bei dir waren erholsam, bis ich mal wieder völlig überfordert neben mir stand. Aber das scheint sowas wie mein Karma zu sein. Ich hoffe nur, dass wir immer noch Freunde sein können, du bist zur Zeit der einzige Grund für mich noch »hier« zu bleiben und immer wieder weiterzumachen. Ich wünsche dir allen Mut, den du brauchst.

Fühl dich umarmt, Petra«

Ich weiß leider nicht, was ich davon halten soll.

7. 4. 2001 0:25

Ich habe dir angeboten, hier zu schlafen, aber du bist wieder nicht gekommen. Also nehme ich an, dass du was Besseres gefunden hast. Schade, dass es so zu Ende geht. Diesmal ist es mir hundertprozentig ernst mit allem und du wirst sehen, es wird mir gut gehen, so wie ich mir das vorstelle.

20:15

Mein Fahrrad ging heute für Stoff über den Tresen. Danach war ich eine Stunde mit Bobo spazieren, dem

Hund von Shahram. War geil. Shahram hat einen Laden, die »Teufels Küche«. Wenn ich will, kann ich
dort im Sommer aushelfen.

8. 4. 2001 22:10

>Hallo Ulli, so, die dritte und letzte Maschine
mit Deinen Klamotten ist aufgehängt und muss
nur noch trocknen. Haben Deinen Brief mit den
traurigen Hundeaugen drauf gelesen. Es ist
uns schon klar, dass Du Dich nicht traust, mit
uns zu reden, aus schlechtem Gewissen, aus
Angst und auch aus Unfähigkeit Deinerseits.
Nicht nur, was Deinen Rückfall angeht, auch
über einige andere Probleme kannst Du nicht
mit mir/Norbert reden. Ulli, das ist völlig in
Ordnung. Wir kennen uns Dein ganzes Leben
lang und wir sind die einzigen, die Dich in- und
auswendig kennen, sodass Du uns eigentlich
auch nicht viel vormachen kannst. Es ist ganz
natürlich und normal, dass Dich diese Tatsache
sehr hemmt. Auf der anderen Seite hast Du niemanden, der Dir so nahe steht wie Norbert o-
der ich. Dass Du das weißt, ist uns schon klar,
aber dass Du auch nicht aus Deiner Haut
kannst, ist auch klar. Natürlich ist es für Dich
frustrierend, dass wir mit unserer Einschät-
zung, was Petra angeht, vielleicht nicht ganz
falsch lagen. Es tut mir leid, dass sie Dir offensichtlich sehr weh getan hat. Wir können

179

wirklich nur hoffen, dass dieses Kapitel für Dich dann auch vorbei ist. Auf jeden Fall hast Du Recht damit, dass Norbert und ich uns gegenseitig als Stützpfeiler haben und, dass dadurch vieles leichter ist. So ein Stützpfeiler fehlt Dir natürlich. Aber Ulli, das ist genau der Punkt, auf den es ankommt und ganz besonders bei Dir! Solange Du mit Dir selbst nicht »im Reinen« bist und solange Du für Dich ganz allein keine Ziele hast und solange Du keine einigermaßen zufriedene Ausstrahlung hast, solange wirkst Du auf andere nicht gerade positiv und wirst entsprechend niemanden kennenlernen, der Dir wirklich was gibt, egal ob das was fürs Herz oder nur innige Freundschaft ist (und sowas soll es wirklich geben!). Ulli, ob Dir das jetzt passt oder nicht, das ist der tiefere Grund dafür, dass Du dringend Therapie brauchst, vom Rückfall mal ganz abgesehen. Du bist einfach nicht in der Lage, ganz normale alltägliche Probleme zu bewältigen. Ich kann verstehen, dass es Dich graust, zehn Monate, eventuell jeden Tag. Aber ich glaube einfach nicht, dass es so schlimm wird, wie Du jetzt denkst. Du bist natürlich momentan wieder in der Verfassung, dass Dir alles viel schlimmer erscheint, als es wirklich sein wird, weil Dein Denken nur negativ ist, aber Du kriegst das schon hin. Du kannst Dich jederzeit bei uns ausweinen, falls das helfen sollte. Hemmungen wären wirklich fehl am Platze! Da Du ja auch nicht mehr der

Jüngste bist, weißt du auch, dass zehn Monate schneller rum sind als man denkt. Versuch doch einfach, alles erstmal auf Dich zukommen zu lassen (kannst im Moment ja sowieso nichts ändern) und das möglichst Beste draus zu machen. Um es noch mal zu betonen: ES GIBT SCHLIMMERES! Ulli, wir denken an Dich und drücken alle Daumen - ohne Scheiß!!! Mach's gut!

No & ich«

Es war ein schönes Wochenende und vor allem mein letztes in berauschtem Zustand. Komme gerade vom Portugiesen, war mit Gerda und Norbert noch mal essen. Scampi als Vorspeise und Lachs vom Grill als Hauptgericht, zum Nachtisch Crème Caramel. Mir graut es vor den ersten drei Tagen und dem vierten. Scheißspiel. Ich muss noch packen.

DER ÖSTERREICHER

»Ulli war immer unser Sorgenkind. Das fing schon an, als er geboren wurde. Ich musste immer auf ihn aufpassen. Ich habe ihn oft verflucht. Als er dreizehn Jahre alt war, nahmen wir ihn mal mit nach Österreich auf einen Gletscher, was für Ulli völlig neu war. Es war überall Schnee, aber die Sonne war so warm, dass man im Bikini im Liegestuhl liegen konnte. Ulli war völlig fertig, weil ihn das alles so überwältigte. Der war gar nicht zu gebrauchen. Er hat auch wirklich geheult, er war überfordert von diesen ganzen Eindrücken. Ulli lag im Liegestuhl, eingewickelt in seinen dicken Parka und dann sagte er einen Satz, der mich ganz lange beschäftigt hat. Er sagte: »Ich weiß, warum ihr keine Kinder habt.« Ich sagte: »Wie bitte? Da weißt du mehr als wir.« Er sagte: »Weil ich da bin.« Er war so fertig da oben und da brachte er so einen Satz hervor. Vielleicht ist was Wahres dran. Nicht wirklich, aber untergründig irgendwie schon.« (Gerda)

Ich war nie auf mich allein gestellt. Als ich noch ein Kind war, hatte Gerda auch mal überlegt, mich in eine Waldorfschule zu stecken. Das war noch vor meiner ersten Haft in Neumünster. Sie hat sich schon immer große Gedanken um mich gemacht und Norbert hatte sowieso ein Herz für Leute, denen es nicht so gut ging. Er hatte immer, bevor du überhaupt wusstest, dass es ein Problem gab, schon die Lösung, und damals gab es ja noch kein Internet und keine Handys. Er kannte immer jemanden, der jemanden kannte. Das war sehr faszinierend.

Norbert verbrachte seine ersten Lebensjahre in Melk bei Wien. Seine Mutter konnte kein Kind großziehen und so kam er ins »S.O.S. Kinderdorf« bei Innsbruck. Er begann eine Lehre als Gold- und Silberschmied und Gürtler, aber kurz vor der Prüfung floh er nach Italien, weil er das alles nicht mehr aushielt. Er wohnte über ein Jahr in Genua bei Prostituierten. Die nahmen ihn so nett auf und er war der Hahn im Korb. Als Norbert in den Sechzigern hier aufschlug, noch bevor er Gerda kennenlernte, ernährte er sich vom Hafen. Er hat mir mal erzählt, dass er sich von den Seemännern, die hier angelegt hatten und auf dem Kiez feierten, auf die Schiffe zum Essen einladen ließ. Nach dem Essen musste er wieder runter vom Schiff, aber der Bauch war voll. Norbert ging nach Hamburg, weil er zur See fahren wollte, obwohl das in Genua auch gegangen wäre. Keiner weiß, warum er sich Hamburg ausgesucht hat. Er dachte jedenfalls, die warten auf ihn. Aber das war eine Milchmädchenrechnung, kein Mensch hatte auf ihn gewartet.

Eines Tages machte er mit einem Freund einen Ausflug an die Nordsee. Am Nachmittag wollten sie etwas essen und landeten in Marne. In »Gardels Gasthof« war gerade Tanztee, früher hieß das noch so. Die dachten, das sei ein normales Restaurant, gingen rein und da schwoften dann die Teenager von Marne. Da war Gerda. Norbert fuhr abends wieder zurück nach Hamburg und schrieb ihr in derselben Nacht noch einen unglaublichen Liebesbrief, den sie Elfi zeigte, die daraufhin sagte: »Den musst du dir festhalten. Der schreibt so toll.«

Gerda blieb erstmal in Marne und machte eine Lehre als Zahnarzthelferin. Norbert kam fast jedes Wochenende und sie trafen sich mehr oder weniger heimlich. Gerda war noch so jung und ihre Eltern, meine Großeltern, fanden das nicht so toll. Das waren noch andere Zeiten. Er musste natürlich im Hotel übernachten. Einmal lud Norbert sie nach Hamburg ein zu »Holiday on Ice«. Oma und Opa wollten das erst nicht. Gerda allein in Hamburg bei einem Kerl, das ging ja gar nicht! Sie durfte dann mit Ach und Krach doch los und natürlich waren die beiden nicht bei »Holiday on Ice«. Sie hatten was anderes zu tun. Als Gerda wiederkam, holte meine Oma sie vom Busbahnhof ab und fragte: »Wie war's denn, mein Kind? Erzähl doch mal.« Sie schilderte alles in den tollsten Farben und schon hatte sie eine Ohrfeige weg. Im Radio hatten sie nämlich durchgesagt, dass die Eismaschinen kaputt waren und das ganze Eis geschmolzen war. Das hatte also gar nicht stattgefunden.

Norbert war nicht nur auf dem Kiez ein bunter Hund. Aber so ein österreichischer bunter Hund, ein sehr netter eben. Ob es wohl irgendjemanden gab, der Norbert nicht mochte? Meine Großeltern, ansonsten war Norbert sehr raumfüllend. Opa war gar nicht mit ihm einverstanden. Der wollte Norbert mal, weil er aus Hamburg kam, zwanzig Mark geben und sagen: »Lass meine Tochter in Ruhe und geh lieber zu den Nutten auf der Reeperbahn.« Aber Norbert entpuppte sich als der beste Schwiegersohn und sie haben ihn später wirklich geliebt. Aber es hat lange gedauert. Norbert hielt bei meinem Opa um Gerdas Hand an, so richtig wie im Film. Die Hochzeit fand in einer kleinen Kirche in Marne statt. Mit Blumenkindern, sowas habe ich nie wieder erlebt. Sissi, die junge Kaiserin, hat so geheiratet, bloß größer. Kurz nach der Hochzeit trennten sich unsere Wege, weil meine Mutter mich mit nach Neumünster nahm. Gerda zog nach ihrer Lehre zu Norbert nach Hamburg. Da wohnte Norbert noch in der Kampstraße beim Schlachthof in einem Zimmer zur Untermiete. Da ist Gerda fast in Ohnmacht gefallen, weil es in diesem alten Holztreppenhaus, das fürchterlich knarrte, so nach Schlachtabfällen roch. Er besorgte ihr ein möbliertes Zimmer in der Hallerstraße. Die Hauptmieter zogen irgendwann in die Brahmsallee um, Gerda kam mit und da ist Norbert dann auch eingezogen. Sie hatten ein möbliertes Zimmer zu zweit.

Bevor Norbert die Szene eroberte, arbeitete er bei Broschek, denn er hatte in der Zwischenzeit eine neue Lehre als Tiefdruckätzer absolviert. »Broschek« war eine große Druckerei in Hamburg. Dort arbeitete er in der Gravur und stellte Druckplatten her. Er dachte, dass das vielleicht auch was für mich sein könnte und ich durfte einen Probetag absolvieren. Ich guckte mir das an und dann zeigten die mir erstmal, wie schlecht ich zeichnen kann. Dabei dachte ich, ich kann sehr gut zeichnen. Die stellten mir eine Lupe zum Aufklappen hin und die sollte ich dann dreidimensional auf das Papier bringen. Einer legte mir einen Block und einen Bleistift hin und sagte: »Mal mal.« Das war die Retusche-Abteilung, da musstest du sowas können. Jedenfalls war das nichts für mich.

Gerda arbeitete als Zahnarzthelferin. Den Job im neuen Wall bei einem Promizahnarzt hatte sie von Norbert. Die Patienten waren Künstler, Schauspieler und Schriftsteller und da war es eigentlich furchtbar. Der Arzt war sehr nett und als sie sich vorstellte, sagte er zu ihr: »Vierhundert Mark auf die Hand.« Sie war die Zweithelferin, die Ersthelferin war so eine, für Gerda damals, ältere Frau, die Gerda nur rumscheuchte. Es gab keine Pausen, man musste sich für einen Kaffee rausschleichen, was nur ging, wenn man draußen etwas für die Praxis erledigen musste. Gerda kam abends heulend nachhause, weil sie das kaum aushielt, diese langen Arbeitszeiten für wenig Geld und diese Kollegin, die sich immer als Chefin aufspielte. Nach zwei Jahren kündigte sie und fing bei der »Allianz« an, um den Umgang mit der Schreibmaschine zu lernen. Dort blieb sie ein halbes Jahr, danach arbeitete sie bei einer internationalen Spedition im Chilehaus[15]. Da war sie zwölf Jahre lang angestellt, aber alt werden wollte Gerda da auch nicht. Als sie gekündigt hatte, bekam sie täglich Telegramme von ihrem Chef und jedes Mal wurde das Gehalt erhöht.

Ich war zwar in Neumünster, die beiden waren aber immer für mich da. 1979 besuchten Gerda und Norbert mich im Knast und sagten mir, dass sie mir helfen würden, nach Hamburg zu ziehen. Ich hatte zwar erstmal die Lehrstelle bei Max Maars, meine Ausbildung war aber so gut wie abgeschlossen. Eine Rückkehr nach Neumünster wäre für mich ein einziger Rückfall gewesen. Aus dem einfachen Grund, dass Neumünster so groß ist wie ein Stadtteil von Hamburg, der Knast aber genauso groß wie der in Hamburg ist. Wenn ich dageblieben wäre, hätte es nicht lange gedauert und ich wäre wieder da drin gelandet. Ich war ja in dieser Schiene, man lässt sich da auch nichts sagen und wenn du provoziert wirst, machst du das Gegenteil dessen, was gut für dich ist. Also holten sie mich nach Hamburg. Ich

---

[15] Das Chilehaus ist ein von 1922 bis 1924 erbautes Kontorhaus im Hamburger Kontorhausviertel. Am 5.6.2015 wurde das Kontorhausviertel zusammen mit der Hamburger Speicherstadt und dem Chilehaus zum UNESCO-Weltkulturerbe ernannt.

konnte erstmal in der Brahmsallee schlafen, Norbert organisierte mir die Arbeit im Tennisclub und Gerda kümmerte sich um meine erste eigene Wohnung bei Tante Ulla in Wandsbek. Als dann alles schief ging, Tante Ulla mich rausschmiss und ich mich im Tennisclub nicht mehr blicken lassen konnte, versuchten Gerda und Norbert, eine Wohngemeinschaft zu finden, möglichst außerhalb Hamburgs, auf dem Land, wo Leute wie ich unterkommen und einen geregelten Tagesablauf haben, am besten mit Pflanzen und Tieren oder was weiß ich. Hinter Ahrensburg hatten sie mal was gefunden, da habe ich mich strikt geweigert, das wollte ich überhaupt nicht. Aber dann kam die Jugendwohnung. Inzwischen wohnten Gerda und Norbert in Rahlstedt im Alaskaweg, die erste richtig geile Wohnung. Sie schafften sich Porter an, einen Dackel und Gerda blieb ein halbes Jahr lang zuhause, denn so einen Welpen kannst du ja nicht allein lassen.

Norbert war alles, aber kein Geschäftsmann. Er war viel zu gutmütig. Mit einem seiner Kollegen machte er sich 1986 selbständig, denn Norbert bekam das Angebot, die Gastronomie auf Kampnagel zu übernehmen. Da saß ich noch im Knast. Leider hatte er Pech bei der Wahl seines Partners, denn der hatte keine Ahnung von Geschäftsführung. Norbert musste sich schließlich von ihm trennen. Der Neue an Norberts Seite war Clemens Gertler. Als ich 1987 aus dem Knast kam, konnte ich dort anfangen. Die beiden waren eigentlich erfolgreich auf Kampnagel. Aber jedes Jahr wurde ihnen mehr Pacht abgenommen und das brach Norbert schließlich das Genick. Er hatte das Ding aufgebaut und richtig geil gemacht, von Dosenfressen zu frischem Gemüse, was nicht einfach war, denn Kantine bleibt Kantine, du kannst das nicht so teuer machen. Irgendwann passte das Verhältnis nicht mehr. Vier Jahre lang schmiss er den Laden.

Gerda fing halbtags bei der Deutschen Grammophon[16] an, damals hieß es noch »Polygram«. Dort blieb sie über dreißig Jahre lang. Sie betreute unter anderem Fotosessions im Artdirectors Department und der Job war das Tollste überhaupt. Sie war ein Quereinsteiger, das hatte mit ihrem erlernten Beruf nichts mehr zu tun, aber es war prima. Weil man in so einem Unternehmen in der Kreativ-Abteilung, in der Cover und Booklets kreiert wurden, nicht »Gerda« heißen konnte, taufte ihr Kreativ-Chef sie um. Somit hieß Gerda fortan für alle und bis heute »Carla«. Das war ihr auch sehr recht, weil »Gerda« ihr noch nie gefallen hatte. Als ich dann so richtig drauf war, rief ich oft im Büro an: »Ich brauche wieder was, ich brauche Geld.« Manchmal ließ Carla einen Kurier kommen, der mir einen Umschlag mit Geld brachte. Mir ging das alles trotzdem nicht schnell genug. Oft kam ich direkt zur Alten Rabenstraße, Carla kam runter, gab mir das Geld und ich war wieder weg. So einfach war das allerdings nicht. Das war jedes Mal eine große Gewissensfrage

---

[16] »Deutsche Grammophon«: Musiklabel für klassische Musik

für sie und auch für Norbert. Sie wollte mir eigentlich kein Geld geben, weil sie wusste, dass ich so nie von den Drogen wegkam. Das Mitleid war aber größer. Es war eine unglaublich schwierige Zeit für Carla, zumal ein Süchtiger für gut gemeinte Ratschläge meist nicht zugänglich ist. Trotzdem bin ich auf diese Art und Weise der Therapie immer nähergekommen. Ich habe zwar immer bekommen, was ich wollte, aber unterschwellig hörte ich: »Mach mal was! Ändere das!« Ich wollte wirklich lieber aufhören als zu schnorren, aber ich wusste auch, dass ich mit etwas Geld innerhalb von zehn Minuten meine Schmerzen wegmachen konnte. Warum sollte ich also Schmerzen haben?

Es gibt genug Anlaufstellen, wo du Hilfe bekommst, wenn du sie brauchst. Du musst sie aber auch einfordern, und der Weg dahin ist anstrengender als das ganze scheiß Leben. Ich habe immer einen gehabt, der das für mich gemacht hat.

Norberts Traum war eigentlich ein kleines, feines Restaurant. Da brauchst du aber Kapital und das war nicht da. Diese ganzen Umwege über »Sorgenbrecher«, »Tempelhof« und auch den Pudel waren alles nur Kompromisse. Das war nie sein eigentliches Bestreben. Norbert machte nebenbei Catering. Das bereitete er mit Carla bei sich zuhause in der Wohnung zu. Man kann sich nicht vorstellen, was da los war, und immer die Angst im Nacken, dass sie jemand anzeigt, weil das ja gewerblich und in einer Privatwohnung nicht erlaubt ist. Die schleppten da die Platten raus für Esprit und für wen er sonst noch alles kochte. Zur Pudel Eröffnung stellte er auch ein Buffet hin. Das war aber nicht ganz das, was er ursprünglich wollte.

Als der Laden noch in der Schanze war, war Norbert noch nicht mit drin im Boot. Erst als sie das Haus am Fischmarkt fanden, wo der Pudel auch heute noch steht, ist Norbert eingestiegen. Das war eine Ruine. Da war ein Pappdach drauf und im ersten Stock musstest du aufpassen, dass du nicht durchbrachst und runterfielst. Das war ein richtiger Underground-Schuppen, das hat den Nerv der Zeit, auch über die Grenzen Hamburgs hinaus, getroffen. Norbert entwarf die Flyer selbst und verteilte sie überall. Helge Schneider war einer der ersten Gäste. Der war damals noch nicht so prominent, denn »Katzenklo« gab es noch gar nicht. Da waren nur fünf Leute anwesend. Bei Feten, die draußen stattfanden, war der Laden immer brechend voll. Einmal ging ich unter die Leute und fragte: »Wieso seid ihr denn alle hier?« »Hier soll's ganz gut sein, hier soll man nicht so angemacht werden.«

Meine Lesebrillen sind alle aus dem Pudel. Das ist der Vorteil, wenn man im Club arbeitet, und all die unseriösen Informationen, die man bekommt. Zum Beispiel, dass ich Blümchen Hasch verkaufte. »Hast du was zu rauchen?« »Zehner, Zwanziger?« »Zehner.« Später: »Weißt du nicht, wer das war?« »Nö, hübsches Mädchen.« »Das war Jasmin Wagner.« »Kenn ich nicht.« »Blümchen!« »Nein! Die dibi-dip-dip-dip-dip-dibi-dip?« »Ja, genau die.« So war das ungefähr. Eine Woche lang kam morgens, wenn ich den Pudel sauber machte, immer derselbe Typ vorbei. Um die fünfzig, Samt-Jogginghose, Adidas-Schuhe, sah ganz gut durchtrainiert aus, aber eben alt. Er joggte in den Laden mit einem Stapel Flyer in der Hand und sagte: »Ich wollte mal fragen, ob ich hier ein paar Flyer auslegen kann.« »Klar, kein Problem, was ist denn da drauf?« »So ein Film mit Klaus Lemke, der »Rocker« gedreht hat.« Am nächsten Tag kam er wieder, am übernächsten auch, das ging sieben bis acht Tage so. Dann wollte er sich verabschieden. »Ich hau morgen wieder ab nach München.« »Was machst 'n da in München?« »Da dreh ich einen neuen Film.« »Wie, du drehst einen Film? Wer bist du denn?« Bevor ich das geschnallt hatte, war er schon wieder weg. Dann habe ich in der Mopo[17] gelesen, dass Klaus Lemke in Hamburg eine Muse für seinen neuen Film gesucht hat. Ich habe mir den Film natürlich angesehen.

Norbert hatte überhaupt keine Freizeit mehr. Er fuhr immer wieder mitten in der Nacht zum Pudel, wenn er sich nicht sicher war, dass da alles lief. Einmal fuhr er sogar aus dem Urlaub in Frankreich in der Normandie innerhalb von zwei Tagen mit dem Auto hin und zurück, weil es irgendein Problem im Pudel gab. Carla und ich saßen in Régnèville und

---

[17] »Mopo«: Hamburger Morgenpost

machten uns Sorgen. Er fuhr ganz allein, ohne
Schlaf und dann gleich wieder zurück. Zwei Tage
später war er wieder da. Wir hatten noch gar nicht
mit ihm gerechnet. »Guckt mal, ich habe euch
Schwarzbrot mitgebracht, das gibt es hier ja nicht.«
Ein Arbeitskollege von Carla hatte dort ein wunder-
schönes Haus mit einem riesen Garten und da waren die beiden oft. Einmal nahmen sie mich mit, da
lernte ich die französische Küche kennen. Mein
liebstes Gericht war »Moules a la Creme« und Car-
las auch. Norbert kochte sehr gut und sehr gerne
und durch ihn habe auch ich Spaß daran gefunden.

»Norbert war ein Kosmopolit. Wir sind sehr viel gereist und haben wirklich viel von der Welt gesehen. Immer individuell, immer auf eigene Faust. Er war sehr neugierig. In Australien haben wir uns ein Auto gemietet, sind ins Outback gefahren und haben mit den Kamelen Walzer getanzt.« (Carla)

JUGEND HILFT JUGEND

Bokholt, den 12. 4. 2001

Seit Montag, den 9.4. bin ich wieder hier. Ich weiß nicht, wie oft ich diese Quälerei noch machen werde, aber ich will versuchen, es mir nie mehr anzutun. Ich muss viel an Petra denken. Sie tut mir leid und ich kann ihr nicht helfen.

13. 4. 2001 5. Tag

Völlig schlapp, gestern Aponal und Dominal bekommen und die wollen gar nicht mehr aus meinem Körper raus.

2:20

Es scheint, eine lange Nacht zu werden. Ich sitze im Wohnzimmer und versuche, mich zu beschäftigen. Das Rumgehänge ist mir zu langweilig. Habe schon versucht, zu schlafen. Erfolglos, obwohl ich mich so schlapp fühle. Ich unterhielt mich im Schwesternzimmer mit Erika über Suchtproblematik. War ganz aufschlussreich. Gerade trinke ich eine Flasche Astronautenkost, da ich nichts essen kann.

14. 4. 2001 6. Tag

Es geht mir gut. Ich konnte heute Nacht zwar nicht
schlafen, aber das kenne ich ja schon. Durchhalten ist
wichtig. Habe heute morgen wieder angefangen, zu
essen, nachmittags gab es Grillfleisch und Kartoffeln,
sowie Salate.

16. 4. 2001 8. Tag

Ostermontag und es geht mir gut. Vor einer knappen
Stunde waren Carla und Norbert hier, wie angekün-
digt. Wenn auf nichts Verlass ist, auf die beiden immer. Habe sogar ein Ostergeschenk bekommen, eine
Glaskugel mit Osterhasen drin und eine Torte sowie
Naschkram. Norbert hat angeboten, mir bei der Saga
zu helfen, eine neue Wohnung zu bekommen. Vorher
muss ich da noch nachfragen, was mit den alten Saga
Schulden ist (wie viel und so). Es gehen mir so viele
Sachen durch den Kopf, was alles auf mich zukommt
und wie es weitergeht. Montag in einer Woche werde
ich von Jugend hilft Jugend abgeholt und zur teilstationären Therapie gebracht. Heute morgen hatte ich
ein gutes Gespräch über den Geist- und Bauchein-
klang.

18. 4. 2001 10. Tag

Immer noch ist Durchhalten angesagt. Ich kann einfach nicht schlafen, man. Gleich gibt es Mittagessen, Schweinemedallions. Muss wohl nach der Entgiftung noch eine Woche Urlaub nehmen, da ich mich erstmal auf die Therapie einlassen muss. Das muss ich mir ja schließlich zehn Monate antun.

22. 4. 2001 14. Tag

Mein letzter Tag in der Entgiftung. Liege draußen auf der Wiese im Grünen mit geiler Sonne und kann es auch ein bisschen genießen. Die Entgiftung habe ich mal wieder erfolgreich abgeschlossen und, man, ich habe echt keinen Bock, das noch mal durchzumachen! Morgen holt mein Drogenberater Arne mich ab und bringt mich in die teilstationäre Einrichtung.

23. 4. 2001
St. Pauli, Talstraße

Clean und wieder zu hause. Die Therapie angetreten und der erste Tag war gar nicht mal schlecht. Arne holte mich ab, wir fuhren kurz bei mir zuhause vorbei und dann in die Heinrichstraße. Erst war ich noch etwas skeptisch, wir klärten die Formalitäten, aßen zu Mittag und anschließend musste ich meinen Urin abgeben. Alles ok. Um 15:00 Uhr die erste Gruppe,

Vorstellungsrunde, wie üblich. Dann ein bisschen Freizeit, habe mich bei Christina eingeklinkt, um mit ihr fürs Abendbrot einzukaufen, damit mir erst gar nicht langweilig wird. Danach hatten wir noch eine kurze Abendrunde. Jetzt packe ich meine Sachen aus, hänge mein neues Bild auf und räume meine Wohnung auf.

24. 4. 2001 Mittwoch

Total im Arsch. Bin um 5:00 Uhr aufgestanden, konnte nicht mehr im Bett liegen. Schwitze immer noch tierisch. Stark bleiben. Im Koch-Salon gewesen, weil pleite, zum Pudel, Norbert getroffen, immer noch pleite. Um 9:30 Uhr Therapie, habe mich dort beim Frühstückmachen beteiligt, damit keine Langeweile aufkommt. Dann hatten wir Berufs-AG. Für mich, glaube ich, kein Thema, aber interessant zu hören, wo die anderen so stehen. Hinterher Freizeit-AG. Genau wie bei der BAG. Spannend zu hören, was die anderen so machen. Vielleicht kann man das ein oder andere zusammen machen. Beim Mittagessen machte ich einen Vorschlag und zog ihn durch, Putensteak, Folienkartoffeln, Kräuterquark, Sahnesoße und Gurkensalat für neun Personen. Eine Stunde und fünfzehn Minuten mit Einkauf. Essen um 14:00 Uhr, 15:00 Uhr Feedback-Runde. Einige meinen, ich solle mich doch etwas zurückhalten und nicht so viel reden, obwohl ich der Meinung bin, dass ich mich schon sehr zurücknehme. Ich wollte der Gruppe nur meinen

198

Standpunkt erklären. Was mich dabei gestört hat, war das Zwischenreden und die fehlende Ernsthaftigkeit. Jeder einzelne von uns braucht Hilfe, das sollte man sich vielleicht vor jeder Gruppensitzung noch mal ins Gedächtnis rufen. Ich habe auch keinen Bock, den Therapiehengst zu machen, aber meine Erfahrung sagt mir, dass in einer Therapie die Gruppe nur wachsen kann, wenn sich jeder auf den anderen einlässt. Fand die Rückmeldung aber ok. Das Ganze dauerte zwei Stunden und fünfundvierzig Minuten, was mich persönlich nicht stört, aber da das erst mein zweiter Tag war, spürte ich, dass ich an die Grenzen meiner Aufnahmefähigkeit gekommen bin.

25. 4. 2001 Donnerstag

Na gut, dann gewöhnen wir uns mal ein Stino[18]-Leben an. Ich hoffe nur, dass ich dadurch meinen inneren Frieden finde. Wäre eine neue Erfahrung für mich. Tausend Gedanken kreisen durch meinen Kopf.

26. 4. 2001 Freitag

Gerade beim Datum ist mir aufgefallen, dass ich jetzt schon siebzehn Tage clean bin. Ja gut, das ist noch nichts. Heute morgen bin ich um 6:00 Uhr

---

[18] »Stino«: Abkürzung für stinknormaler Mensch

aufgestanden, dann das Übliche, Bad, Kaffee, Zigarette, Musik. Gut drauf! Um 9:00 Uhr war ich in der Therapie, Frühstück und dann kam das Tagebuch dran. Jeder las vor und es gab Feedbacks von der Gruppe. Zwischendurch Mittagspause, dann weiter. Pilze, Rückfall, Speed, da kam so einiges auf den Tisch. Aber gut geregelt, ein guter Start für eine Gruppe, wie ich finde. Wenn Jan sich noch fängt, gefällt mir die Gruppe. Die Einrichtung ist eh voll ok. Die Gruppe sollte sich eine Lösung für ihn ausdenken. Dann wurde im Team darüber abgestimmt. Ich wünsche ihm, dass er es schafft, denn er ist ein guter Mensch. Habe seinen Rückfall nicht an mich rangelassen, denn Rückfall heißt für mich Tod. Abendbrot und um 19:00 Uhr ging es weiter mit TV. Das heißt nicht Television, sondern Teamvermittlung. Die Wahrnehmung der Gruppe, wird mit der des Teams verglichen. Anschließend räumte ich mit Christina den Dreck weg. Dachte: Alter, das war ein scheiße anstrengender Tag, jetzt tust du dir noch was Gutes. Da Christina und ich den gleichen Weg haben, dachte ich, kann ich sie ja mal fragen, ob sie Bock auf ein Eis hat. Ich drückte mir gleich zwei Kugeln rein. Zuhause fast umgefallen. Acht Stunden durchgeschlafen.

28. 4. 2001 irgendwo hinter Witzhave

Bin gut hochgekommen. Schwitze immer noch, wird aber weniger. Bad, Frühstück und gepackt für den

Angelausflug, natürlich alles mit Musik. Gegen 6:00 Uhr aus dem Haus, Brötchen und Zigaretten gekauft und gut drauf. Um 7:00 Uhr Abfahrt in der Heinrichstraße, hinter Witzhave rechts ab in die Walachei. Das Angeln dreimal erklärt bekommen und siehe da, ich holte meinen ersten Fisch raus, mit Bernds Unterstützung. Lockerer Typ. Habe einen Fotoapparat dabei und eben ein bisschen fotografiert und mir die Umgebung angeguckt.

29. 4. 2001 Montag

Tja, leider verschlafen. Habe der Gruppe meine Situation erklärt. Konnte schlecht einschlafen, mein Körper ist noch in der Eingewöhnungs- bzw. Entwöhnungsphase. Urinkontrolle und Pusten negativ, was auch sonst. Hausputz und anschließend Essen gemacht, Bauernfrühstück für sechs Leute.

30. 4. 2001 Dienstag

Wie immer zurzeit mit guter Laune und Musik aufgestanden. Habe mit meinem Freund Peter geredet, der mich gerade im Koch-Salon vertritt. Alles lief ohne Probleme. Ich habe gut gefrühstückt und obergeile Laune! Heute bin ich im Musikraum gewesen. Einer spielte Bass und ich Gitarre, später kam noch ein Schlagzeuger dazu. Wir spielten so gut zusammen, dass ich Gänsehaut bekam und nun melden wir uns an, um regelmäßig zu proben. Gerade gucke ich Formel 1, habe aus alten Zeiten noch einen ferngesteuerten Formel-1-Wagen. Den nehme ich mir vor und überhole ihn.

31. 4. 2001 Mittwoch

Um 9:00 Uhr war ich beim Sozialamt, doch ich habe noch kein Geld bekommen. Erstmal zur Therapie. Nach dem Frühstück Morgenrunde. *»Wie habe ich das Wochenende verbracht?«* Ich erwähnte, dass ich Samstagnachmittag Suchtdruck nach einem Joint hatte, weil ich beim Spaziergang Hasch roch. Aber ich dachte auch an die Konsequenzen. Habe ja den Staatsanwalt im Rücken und da ich auch wirklich drogenfrei leben möchte, ging der Suchtdruck schnell vorüber.

1. 5. 2001 Donnerstag

Aufgestanden, Proviant gepackt und los. Ausflug mit der Gruppe nach Travemünde. Treffpunkt 9:50 Uhr am Hauptbahnhof, eineinhalb Stunden Zugfahrt. Es kamen viele alte Erinnerungen hoch, die ich mit Travemünde, sowie Timmendorf, verbinde. Hatten gute Gespräche in der Gruppe und nebenbei konnte ich wieder fotografieren. Am Ende aßen wir ein Eis. Ich spürte seit langer Zeit meinen Körper wieder. Ich bin im Moment hart. Hart gegen mich selbst und nach außen. Das Gefühl ist schwer zu beschreiben, irgendwie nachdenklich. Ich will auftauen und langsam wieder weicher werden.

2. 5. 2001 Freitag

Ich habe ausgezeichnet geschlafen und bin gut gelaunt aufgestanden. Stelle mich auf einen langen Therapietag ein, hoffentlich werden die Gruppengespräche nicht so nervig. Bin noch ein bisschen kaputt vom Ausflug nach Travemünde. Ich muss mir immer wieder sagen: Alter, das machst du für dich, irgendwann freust du dich darüber. Wenn ich dran bin mit dem Vorlesen des Tagebuchs, merke ich, dass ich noch ganz schön unsicher bin.

3. 5. 2001 Samstag

Ich war den ganzen Tag in der Therapie. Kaum war ich wieder in der Wohnung, klingelte es und ein ehemaliger Arbeitskollege besuchte mich, mit dem ich viele schöne Erlebnisse ohne Drogen verbinde. Wir unterhielten uns und ich fühlte mich sehr gut dabei, denn als wir uns das letzte Mal sahen, war ich noch drauf.

4. 5. 2001 Sonntag

Unruhig geschlafen. Habe verzweifelt meinen Lebenslauf gesucht, aber das kennt man ja, braucht man etwas dringend, ist es verschwunden. Egal. Im Haus angekommen, schrieb ich die wichtigsten Eckdaten auf. Ich sollte versuchen, mich an Gedanken und Gefühle zu erinnern. Es fällt mir schwer, darüber zu schreiben. Das gute am Lebenslauf war, dass sich einige Fragen auftaten, die ich mir so nie gestellt hätte. Muss ich noch mal ganz von vorne anfangen? Oder gab es auch Positives, das ich beibehalten kann? Dann ging es in die Werkstatt. Ich guckte mir erstmal an, was die anderen so machen und entschied ich mich dann für einen Wandkerzenständer, einen fünfzackigen Stern. Ich stelle nun mal hohe Anforderungen an mich selbst. Als ich dann so am Feilen war, bemerkte Axel vom Team, dass ich ganz zufrieden mit mir war und verglich die Arbeit mit meinem Leben. Das war so interessant, dass ich noch eine ganze Weile darüber nachdachte. Abends ging ich ins Konzert, eine neue Erfahrung, denn früher hatte ich immer was geraucht auf Konzerten. Diesmal nicht. Süßigkeiten, Cola und auf die Musik einlassen. Das war ein völlig neues Gefühl und es ging mir gut dabei. Da ich danach noch nicht schlafen konnte, ging ich meinen Onkel im Pudel besuchen.

1959-1964 Kindheit bei Großeltern in Marne
1965-1967 Umzug nach Altena Westfalen
1967-1969 Umzug nach Neumünster
1969-1973 Heim für schwer erziehbare Kinder in Rendsburg-Schleife
1973-1974 Bäckerlehre in Aukrug bei Neumünster
1974 Jugendarrest in der Arrestanstalt Rendsburg
1975-1979 Haft in der JVA Neumünster
1979 Vollendung der Bäckerlehre in Marne
1980 Umzug nach Hamburg
1981 erste eigene Wohnung in Wandsbek, Tennisclub
1982 Jugendwohnung e.V. Rahlstedt
1983 Wohnung in Eilbek, Geburt von Tochter Sabrina
1984-1987 JVA Fuhlsbüttel
1987-1989 Hafenstraße, Kastanienallee
1990 erste Entgiftung in Moorburg
1991 Totalabsturz
1992-1995 Zimmer bei Gina in Ochsenzoll
1995 Krisenwohnung e.V. Wandsbek
1996 Umzug in die Talstraße

1997 stationäre Komplettentgiftung
1998 Bokholt
1999 JVA Fuhlsbüttel
2000-2001 Bokholt, Bokholt, Bokholt

5. 5. 2001 Montag

Frühstück, Morgenrunde und Aufteilung zum Hausputz. Ich bekam den Therapieraum, die Blumen und
das AGB Klo zugeteilt. Habe es gleich anständig gemacht, da ich sonst gleich noch mal rangemusst hätte.
Die Gruppe konnte heute früher gehen. Das kam gut,
weil ich echt wenig Schlaf hatte. Ich ging sofort nachhause, ins Bett, bis abends und dann in den Koch-Salon zum Abendessen. Die Leute dort sagten, dass ich
gut und fit aussehe und, dass die Entgiftung die richtige Entscheidung war.

6. 5. 2001 Dienstag

Auf dem Fischmarkt gefrühstückt, nachhause und ein
bisschen aufgeräumt. Um 13:00 Uhr ins Haus und
Blumen für Martina mitgebracht. Sie hat sich so darüber gefreut, dass die Freude auch auf mich überge-
gangen ist.

7. 5. 2001 Mittwoch

Jan hatte einen Alkoholrückfall. Das hat die Gruppe den ganzen Tag beschäftigt. Ich ließ das nicht wirklich an mich ran, da ich selbst tierische Angst vor einem Rückfall habe. Beim Abendbrot kippte die Stimmung, da Bernd seine Geschichte vom Wochenende erzählte. Er war in Dänemark zum Angeln und fing seinen größten Fisch. Die Geschichte vermittelte mir Hoffnung. Zwei Extreme, Jan und Bernd.

9. 5. 2001 Freitag

Im Haus angekommen und erstmal gesagt bekommen, ich solle doch bitte sofort den Einkaufswagen, der noch vom Vortag im Hauseingang steht, zurückbringen. Das wollte ich sowieso machen!

11. 5. 2001 Sonntag

Morgens im Pudel gefrühstückt und Christina angerufen. Sie schaffte es nicht pünktlich zur Abfahrt und ich wollte nicht zu spät kommen, also ging ich ohne sie los. Hagenbeck war für mich nichts neues. Es kamen alte Bilder hoch, wie wir auf dem Affenfelsen Hasch rauchten, aber es war trotzdem schön. Na und anstrengend, ich kam kaum mit. Fühle mich alt.

13. 5. 2001 Dienstag

Um 7:00 Uhr im Pudel angekommen und gleich los-
gelegt, Lager aufgeräumt, Bühne kontrolliert, Scherben weggemacht und mit den Mitarbeitern die Nacht
Revue passieren lassen. Sauber gemacht, nachhause
und schlafen gelegt. Um 14:00 Uhr los zu Jugend hilft
Jugend, unterwegs Tortenböden und Früchte gekauft, da ich eine Obsttorte machen wollte. Kurz vor
dem Haus kam Abdul mir verwirrt entgegen und
sagte, es sei keiner da, dabei war mit Wiebke vom
Team abgemacht, dass ich Kuchen backe, weil ich ja
vom Sport befreit bin. Nicht mein Fehler. Wir gingen
zur Sporthalle und guckten beim Thai-Chi zu. Sah gut
aus. Ich musste viel lachen, mir geht's gut. Nach Kaffee und Kuchen und kleiner Befindlichkeitsrunde
ging ich nachhause. Eigentlich wollte ich zu Bett, aber
irgendwie hatte ich den müden Punkt schon über-
schritten. Pudel, ich unterhielt mich über Gott und die
Welt, aber auch über mich, mit Freunden, die ich auch
so nennen kann. Nachhause gegangen und mit einem
guten Gefühl eingeschlafen.

14. 5. 2001 Mittwoch

Ausgeschlafen, dann Frühstück und Morgenrunde.
Jeder erzählte von seinem Wochenende. Mittags
kochte ich eine Frühlingssuppe, das Würzen überließ
ich Peter. Er fragte zwar immer mal nach, schmeckte
aber nie ab. Könnte noch viel lernen, er von mir

208

genauso wie ich von ihm. Schade, dass er bald geht. Um 15:00 Uhr GS, das heißt Gruppensitzung. Christina war heute dran. Sie hatte sich schon seit zwei Tagen einen Kopf darüber gemacht. Sie hat Angst oder vielleicht auch kein Vertrauen in die Gruppe. Doch die GS war einfach geil, da man alles so schön voraussehen konnte. Ich denke aber, das liegt auch an meinem nahen Kontakt zu Christina. Wenn das nur bei allen so wäre. Nach dem Abendbrot räumten sie und ich zusammen auf und anschließend wartete ich auf sie, da sie noch ein Einzelgespräch hatte. Auf dem Weg nachhause, aßen wir ein Eis und unterhielten uns darüber, was uns so bewegt.

15. 5. 2001 Donnerstag

Heute um 11:00 Uhr führte ich meine erste GS. Jeff protokollierte die Berufs-AG und ich den Rest. Man ist ja eigentlich nie perfekt, aber wir machten keine Fehler. Kurz vor dem Mittagessen hatten Jeff und Abdul einen Konflikt, sodass Axel vom Team eingreifen musste. Ich habe heute in der Küche geholfen. Schönes Teamwork, so bringt es Spaß. Dann GS mit Abdul. Eigentlich wollte er darüber reden, warum er Drogen nahm, aber es kam anders, spannender und interessanter. »Aggression« war sein Thema und als Abdul anfing, zu erzählen, konnte Jeff seinen Mund nicht halten und flog raus. Ich finde, Abdul hat sich viel Mühe gegeben, da er zwischendurch nicht mehr weiterwusste und trotzdem durchzog. Anschließend hatte keiner Bock auf Männergruppe und Axel platzte der Kragen: »Kein Bock mehr, macht doch was ihr wollt!«

16. 5. 2001 Freitag

Gut ausgeschlafen und um 9:30 Uhr im Haus gewesen. Frühstück und los. Abdul und Christina hatten den Gruppenvorsitz. Ich dachte noch: Das kann ja was werden! Aber es klappte ganz gut und die Stimmung ist anders, nicht mehr so aggressiv. Wir fingen sogar vor dem Mittagessen mit Tagebüchern und Feedbacks an. Ich musste mein Tagebuch nicht vorlesen, da ich meinen ersten Bericht geschrieben hatte. Das war gar nicht so leicht, man muss sich von innen und außen und danach nach außen nach innen orientieren. Naja, Übung macht den Meister. Abendbrot und TV, war für mich diesmal in Ordnung, nicht so viel Erklärungen in zehnfacher Ausführung. Bernd kam auch noch, ein tierischer Aufbauer, denn er ist eine richtige Persönlichkeit geworden. Mit Christina nachhause gegangen. Als ich im Bett lag, hatte ich ein gutes Gefühl.

17. 5. 2001 Samstag

Mit einem guten Gefühl bin ich auch wieder aufgewacht. Im Haus gab es Frühstück und dann die Vorratsliste. Ich musste dreimal los, Reinigungs- und

Lebensmittel besorgen, war ja sonst keiner da. Ohne Einkaufswagen, Axel regt sich zwar darüber auf (»Junkie-Verhalten«), aber er war ja nicht da. Nach dem Mittagessen GS mit Gennadi. Er hat schon einige Stationen hinter sich gebracht, weiß aber immer noch nicht genau, was er will. Abendbrot klar gemacht, ich räumte die Küche so um, dass ich nicht lange irgendwas suchen muss, denn das kostet Zeit, genauso wie wenn man beim Einkauf was vergisst. Übung macht den Meister, aber es klappt schon echt gut. Ich bin sowieso gut drauf. Habe Erfahrungswerte mit Bernd ausgetauscht, Denkweise ähnlich. Christina hat mir eine Tasche Wäsche abgenommen, das ist tierisch nett von ihr. Guter Tag, mehr davon!

18. 5. 2001 Sonntag

Da Carla Geburtstag hat und meine Mutter da ist, habe ich in der Therapie angerufen und mich heute befreien lassen. Es ging ins Restaurant. Wir unterhielten uns über alte Zeiten und die Stimmung war gut. Ich merke, dass ich selbstsicherer geworden bin. Zum Schluss umarmten wir uns.

19. 5. 2001 Montag

Großhausputz, auf drei Mann verteilt und zwar auf Gennadi, Christina und mich. Um 14:00 Uhr konnten wir gehen. Zuhause machte ich Lockerungsübungen und Liegestütze, dabei ist meine Wunde am rechten Fuß wieder aufgeplatzt. Ich habe keine Schmerzen, aber es blutet.

20. 5. 2001 Dienstag

Gegen 6:00 Uhr aufgestanden und auf dem Fischmarkt gefrühstückt. Es geht mir gut und ich fühle mich ausgeschlafen. Anschließend im Pudel noch mal gefrühstückt. Ich habe eine Tüte Gras gefunden, die ich meinem Onkel gab. Er fragte mich, ob mein Herz jetzt blutet, wegen dem Gras. Aber da mir die Konsequenzen bewusst waren, bekam ich keinen Suchtdruck. Gegen 9:00 Uhr im Koch-Salon zum dritten Mal gefrühstückt und dann ging es los zum Sport. Ich habe beschlossen, wegen der Wunde am Fuß, diese Woche noch nicht mitzumachen.

21. 5. 2001 Mittwoch

Aufgestanden, Aufgeräumt und auf den Kammerjäger gewartet. Er kam so gegen 10:00 Uhr. Dann ab in die Morgenrunde. Was war bitte los mit Jeff und Gennadi? Ich hatte den Eindruck, die beiden haben keinen Bock. Auf Gruppe? Auf Therapie? Aufs Leben? Mir geht's gut, ich lasse mich nicht anstecken. Küche mit Abdul, ich wollte ihn machen lassen, Chaos! Vierzig Minuten später war das Mittagessen fertig, aber bloß, weil ich gemacht habe, was er wollte. Null

212

Ahnung und null Interesse. Zuhause habe ich Schuldenbriefe in Ordner gepackt.

22. 5. 2001 Donnerstag

Gute Laune, Sonne, gutes Gefühl. F- und BAG. Alter Stand bei mir. 15:00 Uhr GS, ich war mal wieder dran, Thema »Problembewältigung«. Es ging im Wesentlichen um meine Unzufriedenheit über die Gruppendynamik, wegen Jeff und Gennadi. Wir müssen mehr reden und uns selbst besser kontrollieren und dabei nicht immer so perfekt sein wollen. Am Ende der Gruppensitzung hatte ich Kopfweh und brauchte nur noch Ruhe. Habe Wiebke darum gebeten, die Musikgruppe ausfallen zu lassen. Gehe jetzt ins Bett. Angst. Einsamkeit.

20:30

Bin wieder aufgestanden. Christina besuchte mich, um zu fragen, wie's mir geht. Ich finde es voll gut von ihr, dass sie sich Sorgen macht. Der Schlaf hat mir gutgetan und wir gehen jetzt noch eine Cola Saft trinken.

23. 5. 2001 Freitag

Die letzten Tage empfand ich so eine Unruhe in der Gruppe. Jeff und Gennadi ziehen sich raus und erzählen nichts, sodass manche schon den Verdacht auf

Rückfall hatten. Später sollte die Gruppe die beiden auf unser Problem mit ihnen ansprechen. Da sie zu spät zur Kleingruppe kamen, was mir zusätzlich ein ungutes Gefühl gab, fingen wir ohne sie an und kamen erst zum Schluss wieder darauf zu sprechen. Es lief erstaunlicherweise ruhig ab, aber ob sie schon kapiert haben, worum es da geht, bezweifle ich. Die Gruppe hat sich jedenfalls gut mitgeteilt. Kurz vor dem Abendbrot kam Wiebke zu uns und die Gruppensituation wurde für Jeff und Gennadi noch mal verdeutlicht. Das fing mit dem üblichen Frage- und Antwort-Spiel an. Die Gruppe ließ sich Fragen einfallen und Wiebke forderte die beiden Problemkinder auf, offen und ehrlich zu antworten. Anschließend wurden beide mit einer dreiteiligen Auflage nachhause geschickt.

24. 5. 2001 Samstag

Gruppensitzung mit Jeff und Gennadi. Ich spürte die Unsicherheit der Gruppe, als jeder noch mal wiederholen sollte, was er am Vorabend gesagt hatte. Jeff verteidigte sich. Gennadi dagegen blieb eher ruhig, er hatte wohl ein schlechtes Gewissen. Wir saßen bis kurz vor 14:00 Uhr zusammen und rausgekommen ist, dass Jeff die Möglichkeit überprüfen soll, den Therapieplatz zu wechseln. Tja. Dann los zum Grillen ins Störtebeker-Haus. S-Bahn am Vatertag, lauter Vollbesoffene auf dem Gleis. Das hat uns eine Stunde gekostet. Alles clean, komisches Gefühl! Angekommen, spielten wir ein Spiel, das Wiebke sich ausgedacht hatte. Wir laufen alle durch die Gegend und suchen uns jemanden, mit dem wir schwer oder gar nicht in Kontakt gehen können. Wir nehmen Augenkontakt auf und beschreiben uns dann gegenseitig das Gefühl, das wir haben. Bei mir kam tierische Unsicherheit auf, aber Mitmachen ist wichtig für mich, um etwas über mich zu lernen, um mich endlich zu erkennen.

25. 5. 2001 Sonntag

Wiebke hat sich wieder was Schönes für uns ausgedacht. Ähnlich wie gestern beim Grillen. Im Raum rumlaufen, Außenkontakt wahrnehmen und zu sich selbst nach innen kommen. Dann Augenkontakt aufnehmen. Ich musste ständig lachen oder grinsen. Nicht schlecht, gerne mehr davon.

26. und 27. 5. 2001

Hausputz, Mittagessen und los nach Altona, Sportschuhe kaufen. Die, die ich unbedingt haben wollte, waren vergriffen, aber egal, ich kaufte andere. Nachts aufgestanden und in den Pudel gegangen, um ein bisschen zu reden. Wieder zuhause bekam ich einen Anruf, Sport im Stadtpark. Ich war als einziger pünktlich um 14:00 Uhr am Borgweg. Wir spielten Fußball und mir ging es gut, auch mit meiner Kondition.

Hätte ich nicht gedacht. Abends ging ich mit Christine zum Italiener. Wir unterhielten uns über unsere Probleme und die Therapie.

28. 5. 2001 Dienstag

GS, ich war dran, Thema »Beziehung«. Ich war vorher schon innerlich aufgewühlt und vorbereitet. Peters Meinung, dass ich zu weit aushole, um auf den Punkt zu kommen, war für mich eine Hilfe, um das eigentliche Thema zu erkennen: »Gefühle«. Gefühle zulassen, Gefühle zeigen, kommt mir alles bekannt vor, kann ich aber nicht von heute auf morgen. Nach der Gruppensitzung fühlte ich mich gut, wenigstens kann ich jetzt darüber reden. Doch es beschäftigt mich noch eine Weile, wie ich feststellen muss.

29. 5. 2001 Mittwoch

Freizeit-AG. Für mich stehen Musikgruppe und Malen auf dem Plan, sowie Wohnungsgestaltung und Kontakte. Probiere mich noch aus, aber ich plane am 7.6. tagsüber bei Shahram in der Teufels Küche zu arbeiten. Besuch von zwei Freundinnen aus Bremen. Ein echt schöner Abend. Sie lernten mich heute clean kennen und ich bekam solche Komplimente, dass ich mich ganz merkwürdig fühlte. Habe das einfach mal zugelassen.

30. 5. 2001 Donnerstag

Es gab Stress wegen Brot holen, sowas blödes! Bevor ich noch ganz ausrastete, ging ich schon mal los. Bernd und Gennadi kamen dann mit dem Geld hinterher und ich ging wieder zurück. Ich bekam positive Kritik auf meine Reaktion und wir sprachen über mein Problem »Gefühle«. Ich bekam gleich ein GS-Thema vorgeschlagen und zwar »Brett vor dem Kopf«. Na gut. Ich ging mit Christina nachhause und wir diskutierten weiter beim Essen.

31. 5. 2001 Freitag

Peter war der Einzige, der heute Morgen da war und Kuchen backte. Habe ihm kurz geholfen, dann eingekauft und gekocht. Matthias kam an, ein Neuzugang, gerade rechtzeitig zum Essen. Habe ihm ein paar Sachen zur Therapie erklärt. Peters Abschied, alles ein bisschen zu schnell, denn er hatte sich einen Zahnarzttermin auf 16:00 Uhr gelegt. Danach Musikgruppe, es war wahnsinnig voll, da viele Leute aus anderen Einrichtungen dazu kamen.

1. 6. 2001 Samstag

Mittagessen mit Bernd zubereitet. Lamm, auf Wunsch von Ahmed, der heute seinen Abschied hatte. Bei ihm konnte man, im Gegensatz zu Peter, eine Entwicklung feststellen. Mit Abschieden habe ich nicht so große Probleme wie andere, auch wenn es manchmal schwerfällt. Man, ich denke lieber an die schönen Zeiten, die ich mit einem Menschen erlebt habe. Für jeden der sich verabschiedet, tritt ein neuer an seine Stelle.

3. 6. 2001 Montag

Aufgestanden und fertig gemacht zum Bowling. Die erste Runde war etwas mühselig, aber dann hat es Spaß gemacht. Zuhause aufgeräumt, Musik gehört und ins Bett gegangen, da ich nachts noch auf die Party eines Kollegen eingeladen war, wo ich mich mindestens eine Stunde blicken lassen wollte. Um 1:00 Uhr ging ich los und um 3:00 Uhr war ich wieder weg. Es war sehr viel los und da mein Freund mit organisatorischen Dingen beschäftigt war, fühlte ich mich einsam und ging lieber in den Pudel.

4. 6. 2001 Dienstag

Ich bin nach Neumünster zu meiner Mutter gefahren. Zuerst war es ein komisches Gefühl, aber ich freute mich auch. Um 11:00 Uhr war ich da, es gab erstmal Kaffee und sie war froh. Ihr Mann kam gegen 14:00 Uhr vom Campingplatz nachhause und wir aßen. Ich erzählte, was ich gerade so mache und, dass ich am Wochenende Norbert im Pudel helfe. Mein Bruder

218

Thies war leider nicht in Neumünster, sonst hätte ich ihn auch besucht. Gegen 17:00 Uhr fuhr ich wieder los.

5. 6. 2001 Mittwoch

Da die Hälfte der Gruppe fehlte, nämlich Jeff, Gennadi und Matthias, mussten wir erstmal umorganisieren. Gegen Mittag, beim Einkaufen, rief mich Matthias an und sagte mir, er sei rückfällig. Was soll er tun? Ich riet ihm, es offen zu sagen und er bat mich darum, es nicht der Gruppe zu verraten, da er das selbst machen wollte, was er dann auch tat. Ich hätte höchstens bis nach der Gruppensitzung gewartet und es dann der Gruppe mitgeteilt. Mir ist bewusst, dass ich mich in eine scheiß Lage bringe und eventuell sogar meine eigene Therapie gefährde, wenn ich sowas für mich behalte. Da ich Matthias aber schon länger kenne, wollte ich ihm etwas Zeit geben. Er war positiv auf THC und Opiate.

6. 6. 2001 Donnerstag

Wir hatten heute die Rückfallauswertung von Matthias vorliegen. Ich las sie vor und alle schrieben etwas dazu auf. Die Gruppe war der Meinung, dass Matthias eine zweite Chance bekommen soll. Auf dem Nachhauseweg sahen Christina und ich Gennadi beim Fixstern[19]. Wir gingen noch mal zurück ins Haus und berichteten Wiebke davon.

7. 6. 2001 Freitag

Um 9:00 Uhr war ich im Laden. Mein Freund Shahram fragte mich, wie's bei mir läuft, in der Therapie. Ich berichtete. Habe hundert Portionen Nudeln gemacht an meinem ersten Arbeitstag in der Teufels Küche. Auf dem Weg zur Therapie kaufte ich mir ein Bett im Möbelgeschäft. Da Gennadi sich nicht meldet, haben wir Matthias wieder aufgenommen und er hat seine zweite Chance bekommen. Peter ist wieder in Ochsenzoll gelandet.

13. 6. 2001 Donnerstag

Wochenpläne sowie Putzplan und Einzelanträge. Chaotisch, aber zügig. Die Wochenpläne mussten dreimal korrigiert werden. Rein- und rausrennen,

---

[19] »FixStern«: Der Verein »freiraum hamburg e.V.« hat als erster Träger in Deutschland Gesundheitsräume mit Konsummöglichkeiten eingerichtet (»Fixerräume«).
Februar 1994: Eröffnung des »Drug-Mobils« in Hamburg-Billstedt
Mai 1994: Eröffnung des »ABRIGADO« in Hamburg-Harburg
August 1995: Eröffnung des »FixStern« in Hamburg-Altona

dann passieren eben Fehler und das nervt. Nach dem Mittagessen las ich meinen Bericht vor, den ich morgens schnell noch geschrieben hatte. Tja, das merkte man dann auch. Dementsprechende Rückmeldung war, dass ich mich vorbereiten und mir Zeit dafür nehmen soll.

14. 6. 2001 Freitag

Aufgestanden und Sachen gepackt für die Teufels Küche. Um 9:00 Uhr war ich da, Shahram und ich frühstückten erstmal und er brachte mich auf den neuesten Stand. Ich fing an mit fünfzig Portionen Tagliatelle, danach machte ich Ravioli. Um 14:00 Uhr war ich im Haus. Vorher kaufte ich in Altona noch eine Geburtstagskarte und ein Geschenk für Jeff. Gemeinsames Mittagessen beim Chinamann. Auf dem Rückweg kauften wir alle zusammen eine Torte. Da wussten wir ja noch nicht, dass Jeff bereits auf den Anrufbeantworter gesprochen hatte und nicht kommen wollte. Scheißtyp! Gruppensitzung, die mich erkennen ließ, wie nah ich der Droge noch bin. Dann Kaffee und Kuchen, ohne Jeff. Von 18:00 bis 23:00 Uhr noch mal Teufels Küche.

15. 6. 2001 Samstag

Bernds Bilanz war irgendwie wie Bernd und irgendwie fängt die Therapie für ihn gerade erst an. Pass auf dich auf, Bernd. Ich war in der Markthalle beim Breakdance Festival. Den ersten und zweiten Platz bekam ich noch mit. War echt mal was anderes als Musikkonzerte. Die Stimmung war gut, nette und vor allem überwiegend junge Leute.

16. 6. 2001 Sonntag

Großputz, Frühstück und dann Decken waschen mit Abdul. Zum Glück hatte er sein Auto dabei. Wir fuhren in die Max-Brauer-Allee zum Waschcenter gegenüber von Max Bahr, wo wir erstmal einen Cappuccino tranken. Zurück im Haus, lag ich gleich mal Probe bis zum Mittagessen. Um 15:00 Uhr ging ich nachhause und schlief bis 23:00 Uhr. Danach ging ich mit einem Freund ins Phonodrome[20] auf dem Kiez.

17. 6. 2001 Montag

Geduscht, umgezogen und zum Volleyballturnier gleich um die Ecke. Christina und Abdul musste ich erstmal wecken, dann mich auf das Spiel konzentrieren, gewinnen wäre geil. Meiner Meinung nach spielten wir gut zusammen. Zum Schluss wurde ein bisschen viel ausgewechselt, aber die Konzentration ließ eben nach. Zweiter Platz. Ahrensburg auf dem ersten Platz. Nachmittags kam ich dann nachhause und ging

---

[20] »Phonodrome«: Techno-Club in Hamburg

sofort ins Bett. Habe sechszehn Stunden geschlafen.
Die letzte Woche war ganz schön anstrengend und
stressig. Nicht, dass ich das nicht aushalte, aber das
war so eine Woche, wie ich sie eigentlich später mal
nicht haben will.

18. 6. 2001 Dienstag

Habe mir gestern eine leichte Erkältung zugezogen.
Als ich nachhause ging, regnete es, und ich hatte nur
ein T-Shirt an. Mir ist aufgefallen, dass ich in den letzten Wochen viel von meiner Freizeit einbüße. Das
versuche ich jetzt zu ändern, denn davor haben mich
Carla und Norbert gewarnt. Ich soll mich nämlich
nicht verzetteln. Zum Beispiel bei den Vorbereitun-
gen zum Angelausflug. Da ich es draufhabe, wie ich
glaube, kommen alle zu mir. »Kannst du mir bitte die
Einkaufsliste schreiben?«, »Hast du an das und jenes
gedacht?«, zwischendurch Neuaufnahmen, »hier ist
das, so geht jenes«, und nebenbei noch Lebensmittel-
marken austeilen. Habe Christina gleich gesagt, dass
es mir heute nicht so gut geht. Ich glaube, das Volleyballturnier macht sich auch bemerkbar. Wir sprachen
heute über den Lebenslauf von Matthias. Jörg vom
Team war zum ersten Mal dabei und die neue Prakti-
kantin, was mich gewundert hat, aber es war mal eine
neue Situation und, wie sich rausstellte, eine sehr
gute. Die Art, wie Jörg vorging, empfand ich als sehr
hilfreich für Matthias, an dem ich beobachtete, dass es
ihm sehr schwerfiel, über sich zu reden und dabei so

tief zu gehen. Mich hat sein Lebenslauf ja auch sehr mitgenommen, da nicht viel Gutes passiert ist und er trotzdem die Kraft hat, zum Leben »ja« zu sagen. Vor dem Abendbrot hörte ich eine Nachricht von meinem Onkel auf meiner Mailbox ab, ich solle sofort in den Pudel kommen. Auf dem Weg dahin traf ich Wiebke und wir tauschten uns kurz aus. Der Club war zu, denn die Nachricht auf meiner Mailbox war von vorgestern. Hatte vergessen, sie zu löschen. Ich nutzte die Zeit und reparierte mein Fahrrad, da dort alle Werkzeuge rumliegen, die ich dazu brauchte. Gehe heute früh ins Bett, da wir uns morgen schon um 7:00 Uhr treffen, um Angeln zu fahren.

19. 6. 2001 Mittwoch

Um 7:00 Uhr trafen wir uns im Haus. Ich hatte auf dem Hinweg Brötchen gekauft. Angekommen am See, war Bernd schon voll dabei und hatte bereits zehn Fische rausgeholt. Ich frühstückte erstmal und angelte dann, hatte aber kein Glück. Glück hatten wir dafür mit dem Wetter. Ich spazierte ein bisschen, schrieb Tagebuch und sonnte mich zum Schluss. Um 17:00 Uhr brachen wir die Zelte ab und fuhren nachhause, Matthias mit der Bahn und der Rest mit Wiebke, die Sachen ins Haus bringen. Ich wusch die Fische und fror sie ein. Dann ab nachhause.

Das war der letzte Tag in dieser Einrichtung. Ich hatte mit Matthias nach dem Angelausflug einen gesoffen. Wir flogen sofort raus.

Landgericht Hamburg, den 2. 7. 2001

»Sehr geehrter Herr Koch!

Sie haben zuletzt die Bescheinigung des Trägers »Jugend hilft Jugend« vom 11.12.2000 übersandt, wonach Sie sich seit dem 7.9.2000 in der ambulanten Ganztagsbetreuung befinden mit dem Ziel der Aufnahme einer teilstationären Langzeittherapie noch im Dezember 2000. Wie mir die Einrichtung mitgeteilt hat, haben Sie die Langzeittherapie bisher nicht angetreten. Es gibt außerdem auch keine dahingehende Planung mehr. Andererseits haben Sie die ambulante Therapie seit langem nicht mehr nachgewiesen.

Ich gebe Ihnen letztmalig Gelegenheit, binnen drei Wochen nach Zugang dieses Schreibens die erforderlichen Nachweise einzureichen. Höre ich nichts von Ihnen, werde ich ohne nochmalige Ankündigung die Zurückstellung widerrufen.

Hochachtungsvoll, StA«

4. 7. 2001
EINSCHREIBEN

Sehr geehrter Herr Staatsanwalt,

Wie bereits am 3.7.2001 telefonisch mitgeteilt, möchte ich hiermit noch mal schriftlich darlegen, dass ich leider aufgrund von Alkoholmissbrauch die teilstationäre Therapie abbrechen musste. Daraufhin habe ich mich sofort mit meinem Drogenberater von KODROBS in Verbindung gesetzt, um mit ihm zusammen einen neuen Therapieplatz für mich zu finden.

Ich kann nur sagen, dass mir dieser Ausrutscher wirklich leid tut und ich mich zukünftig sehr bemühen werde, nun endlich stabil zu werden. Ich hoffe auf Ihr Verständnis.

Mit freundlichen Grüßen, Ulrich Koch

VOLL AUF DROGE, VOLL IM PROGRAMM

22. 6. 2001 Freitag

Rückfallreflexion von Ulrich Koch:

Mir gehen unendlich viele Gedanken durch den Kopf. Ich versuche, sie zu sieben und zu Papier zu bringen. Gestern auf dem Rückweg vom Kino in der Schanze habe ich mir Hasch und Gift gekauft und anschließend geraucht. Ich gucke ein Stück weiter zurück und glaube, ausschlaggebend waren die letzten eineinhalb Wochen. Besuch von Petra, von der ich mich emotional nicht abgrenzen konnte. Dann die schlechte Zusammenarbeit in der Therapiegruppe, ich schaffe das nicht allein, das habe ich mehrere Male gesagt. Zu Konflikten und Auseinandersetzungen war ich im Grunde auch bereit, aber es kostet Nerven, die ich nicht habe. Heute morgen hatte ich Angst vor den Konsequenzen meines Rückfalls und ein großes Durcheinander im Kopf. Ich habe das alles schon mal durchgespielt, wie ich einfach meine Sachen nehme und gehe, ohne irgendetwas zu sagen, und am Montag den Staatsanwalt anrufe. Da war ich unentschlossen, ging dann ins Büro und gab doch Bescheid, aber nur, weil ich der Meinung bin, dass mir dort schon viel geholfen wurde. Ich bin den Leuten das einfach schuldig. Ich würde die Therapie gerne weiter machen, um mein Brett vor dem Kopf los zu werden.

13. 7. 2001 Freitag

Habe eine fette Depression. Ich denke, ich komme da nicht wieder raus. Ich gehe weder ans Telefon noch an die Tür. Scheiße, mal wieder versagt. Dass die dunkle Seite mal wieder gewinnt, nervt mich tierisch. Es wäre schön, wenn Conny mir helfen würde, wenigstens in den ersten Tagen. Ich weiß nicht, wie sie das sieht. Ich möchte sie richtig kennenlernen und mehr mit ihr unternehmen. Ich erwarte positive und negative Erfahrungen. Hoffentlich klappt es weiterhin mit einer ambulanten Therapie, sodass ich nicht noch eine stationäre machen muss. Ich habe nämlich keinen Bock mehr auf diese künstliche Welt, nur um dann wieder in der harten Realität aufzuwachen. Auf Conny habe ich tierisch Bock.

14. 7. 2001 Samstag

Gestern im Clochard[21], Andreas, Zottelfrank, Maike und Conny waren auch da. Anfangs war die Stimmung etwas gedrückt, aber dann habe ich mich gut mit Conny unterhalten. Sie lud mich zum Essen bei sich zuhause ein und dort unterhielten wir uns die ganze Zeit weiter, ganz ungezwungen. Sie wird mir immer sympathischer, allerdings ist Conny ganz schön unsicher. Muss sie gar nicht sein. Ich freue mich schon auf das nächste Treffen. Vielleicht bin ich bald

---

[21] »Clochard«: Kneipe auf St. Pauli

mal wieder frei, gefühlsmäßig. Frei von Gerichts-
druck und Verpflichtungen. Dann könnte ich mal ein
eigenes Leben führen. Vielleicht ist das alles eine ge-
plante Kontrolle, Volksmanipulation durch Therapien, Knast, Krankenhäuser, Schulen und Ämter.
Dazu kommt die Videoüberwachung auf den Straßen.

Der kontrollierte Mensch: Ulli, illegal.

18. 7. 2001 Mittwoch

Ich esse immer weniger. Am Donnerstag soll sich entscheiden, ob das mit der ambulanten Therapie in einer anderen Einrichtung besser klappt oder nicht. Ich
bin enttäuscht von Conny, weil sie sich weder meldet
noch sonst irgendwie Kontakt hält. Da habe ich wohl
zu viel erwartet. Schade, Conny hätte mir echt helfen
können. Komisch, dass die Frauen bei mir immer einen Rückzieher machen, wenn ich mal ernsthaft was
von ihnen will. Sie bieten es mir an und wenn es dann
soweit ist, soll ich warten. Da kann man lange warten.
Gestern wollte ich eigentlich mit Carla Paddeln gehen, aber das Wetter hat nicht mitgespielt, jetzt haben
wir eine Verabredung für Mittwoch im Kino. Ich hole
sie zum Feierabend von der Arbeit ab. Mit Norbert
hätte ich heute morgen gerne mal offen und lange gesprochen, da er meistens korrekte Vorschläge hat. Na,
mal sehen, ich müsste es jetzt auch mal allein

schaffen. Petra besucht mich wieder öfter. Sie wiederholt sich, tritt auf der Stelle und kann von den Leuten, die sie runterziehen, nicht ablassen, weil sie nichts mit sich anfangen kann. Ihr Körper reagiert psychosomatisch, sie kommt ohne Hilfe nicht vom Fleck. Sie lässt sich nur mit materiellen Dingen helfen, was ich eigentlich gar nicht mehr will, und sie erzählt mir auch nicht alles. Sie spricht in Rätseln. Fängt einen Satz an, denkt sich einen Teil und erzählt mir den Rest. Sie ist nur am Reden über viele unwichtige Sachen. Wenn ich ihr mal was von mir erzählen will, geht sie gleich zu sich über. So ist mein Interesse an Petra im Moment bei null. Wenn sie die Energie, die sie nachts für irgendwelche Leute aufbringt, am Tag für sich nutzen würde, käme sie auch mal von der Stelle.

26. 7. 2001 Donnerstag

Ein tierisch heißer Sommertag. Gestern war ich mit Carla auf der Alster, Tretboot fahren. Habe sie von der Arbeit abgeholt, genau wie letzte Woche, ins Kino in »Shrek - Der tollkühne Held«. Echt geil, wir lachten uns schlapp. Seit ich aus der Therapie geflogen bin, treffen wir uns einmal die Woche. Das macht mir Spaß und für Carla ist es sicher auch schön.

7. 8. 2001 Dienstag

Mir geht es nicht gut. Ich habe es immer noch nicht geschafft, aufzuhören. Ich nehme es mir jeden Tag vor, genau wie jetzt, wiedermal. Ich habe auch wiedermal ein schlechtes Gewissen gegenüber Carla und Norbert, weil ich wiedermal Schiss habe, ehrlich mit ihnen zu reden. Immer wieder die gleiche Scheiße!

14. 8. 2001 Dienstag

Man, ich muss doch mal die Kraft finden, zu stoppen! Noch eine Woche Aufschub. War heute bei der Brücke[22] zum Vorgespräch zur Aufnahme. Ich habe seit drei Wochen nichts von Petra gesehen oder gehört.

20. 8. 2001 Montag

»Wildeyes« ist auch ein geiler Name für ein Tagebuch. Ich bin schwach zurzeit und das kann ich gar nicht vertragen. Habe Carla und Norbert am Samstag versetzt. Ich war zum Essen eingeladen. Dachte wirklich, dass Norbert noch mal anruft. Aber ich hätte ja auch einfach losfahren oder selbst anrufen können. Die Drogen sind wahrscheinlich mal wieder Schuld und wahrscheinlich habe ich einen Schaden im Kopf,

---

[22] »Die Brücke e.V.«: Beratungs- und Therapiezentrum in Hamburg

so, wie Norbert auf der Arbeit mit mir redet, nämlich wie mit einem kleinen Kind. Ich frage mich, ob er mich überhaupt noch ernst nehmen kann. Alles was ich mache, ist, na, nicht unbedingt falsch, aber auch nicht gerade richtig und das Schärfste ist, dass ich allein ja gar nicht lebensfähig bin. Na, und, dass ich mir durch die Drogen viel versaut habe, weiß ich auch. Nur schade, dass ich leider tatsächlich nur zum Putzen oder Flaschensammeln zu gebrauchen bin, und das wahrscheinlich noch nicht mal richtig. Ob clean oder nicht, ich habe ja beides versucht. Wenn ich darüber rede, ziehe ich sowieso den Kürzeren, und wenn ich mal Recht bekomme, dann bekomme ich nicht wirklich Recht.

Ich frage mich ja selbst immer wieder, warum ich eigentlich dieses scheiß Zeug nehme. Es geht mir ohne doch viel besser, auch wenn trotzdem alles schiefläuft. Ich glaube, es fehlt mir an sehr vielem, was in meinem Leben zu kurz gekommen ist. Liebe, Zuneigung, Vertrauen, Freude sowie Freundschaften und Beziehungen. Mal sehen, vielleicht kann ich mit dem Rest, der von meinem Leben geblieben ist, noch etwas anfangen. Ich fühle mich allein, allein unter vielen Leuten. Wie jeder für sich ist! Vielleicht finde ich auch allein ein Glück? Als erstes brauche ich jetzt Abstand zur Droge, so ein bis zwei Wochen, das würde mir guttun. Aber nicht in der Entgiftung, am besten Segeln oder Zelten, irgendwo, wo ich den Tag genießen kann. Erholen, planen, ein bisschen reden. Eins ist mir natürlich klar, nämlich, dass ich solche Freunde wie Carla und Norbert wohl nie wieder

finde. Ich kann mich nur nicht von heute auf morgen
ändern.

31. 8. 2001 Freitag

Stefan war mal wieder nicht rechtzeitig im Pudel, um
sauber zu machen und das Leergut für den Getränke-
händler klarzumachen. Da war Norbert natürlich
stinksauer und rief bei mir an, um zu fragen, ob ich es
mache. Versteht sich von selbst. Dort angekommen,
kam ich mit Norbert ins Gespräch. Der war so sauer,
dass er mir Stefans Job anbot. Ich soll es mir überlegen
und dann Bescheid geben. Er kam mir echt ernsthaft
vor, noch nie hat Norbert mir so einen Job angeboten!
Ich würde bekommen was mir familienmäßig zusteht, wie ich meine, und um Zuverlässigkeit und
Pünktlichkeit muss er sich bei mir keine Sorgen machen. Es sind die Drogen und der Knast, worüber er
sich Sorgen macht, denke ich mal. Habe mich jedenfalls tierisch darüber gefreut, dass er doch noch so ein
kleines bisschen Vertrauen in mich hat, und ich werde
zusagen, sollte er seine Meinung nicht ändern. Ein
echt gutes Gefühl. So ein ernsthaftes Familiending,
sag ich mal. Echt gut, die Antwort darauf gebe ich
ihm schriftlich, da kann ich mich besser ausdrücken.
Hoffentlich hat er es ernst gemeint und nicht aus
Frust heraus angeboten. Das Angebot hat mich nämlich glücklich gemacht und ein sehr lang vermisstes
Gefühl in mir wieder hochgeholt.

Gestern war ich mit Carla im Kino in »Planet der Affen«. Elfi war auch in Hamburg und besuchte mich. War ganz nett, wir waren erst spazieren in Richtung »Planten un Blomen«, dann in Richtung Landungsbrücken und schließlich fuhren wir mit der Fähre nach Blankenese, um ein Eis zu essen. Auf dem Rückweg ging Elfi noch mit mir einkaufen und bezahlte, was mir gar nicht so recht war. Aber was soll´s.

5. 9. 2001 Mittwoch

Man, waren das zwei nervige Tage! Petra ist wie aus dem Nichts wieder bei mir aufgetaucht. Heute habe ich es dann endlich geschafft, dass sie ins Krankenhaus geht. Das konnte ich mir nicht mehr anhören. Immer auf die mitleidige Tour, das kann ich nicht ab. Mir ist der Kontakt zu ihr nicht mehr wichtig. Kostet mich nur Nerven und Geld. Norbert spricht mich nicht mehr darauf an, dass ich Stefans Job machen soll, und ehrlich gesagt, habe ich daran sowieso nicht richtig geglaubt. Ich muss sauber werden und bleiben, einige Türen schließen und dann geht es mir richtig gut. Bestimmt.

14. 9. 2001

Am 11.9. sind in New York die beiden Hochhäuser von Terroristen niedergemacht worden. Zwei Passagierflugzeuge flogen ins World Trade Center und in

Washington flog ein Flugzeug ins Pentagon. Viele Tote, Trauer und, und, und. Ich bin jetzt erstmal komplett allein. Carla und Norbert sind in Frankreich, Elfi und Helmut sind noch in Kreta und mein Freund Günter ist in Portugal. So sieht's aus. Ich versuche, klar zu kommen, was mir nicht so richtig gelingen will. Bis Montag muss ich die Stromrechnung bezahlen, dreihundertfünfzig Mark, haha.

15. 9. 2001

Komischer Tag, komische Gefühle. Günter hat aus Portugal angerufen, Norbert aus Frankreich und Petra aus dem Krankenhaus. Jetzt läuft im TV »Das Schweigen der Lämmer«. Sie fragte, ob ich komme, und ich komme morgen. Aus Mitleid. Werde ihr noch mal deutlich sagen, dass auch an einer Freundschaft kein Interesse mehr besteht.

18. 9. 2001

Gleich gehe ich ins UKE und besuche Petra. Ich bringe ihr meinen Morgenmantel, nehme ihr etwas Wäsche ab und begleite sie nachhause. Eigentlich will ich mit Petra nichts mehr zu tun haben, aber aus Mitleid mache ich es mal. Ich denke, dass sie nicht mehr lange zu leben hat. Morgen muss ich zum Sozialamt und das mit meiner Stromrechnung klären. Hoffentlich übernehmen sie die Rechnung. Meine Therapiestunde lasse ich heute ausfallen, denn wenn ich das nächste Mal dahin gehe, will ich clean sein, spätestens aber, bis Carla und Norbert aus dem Urlaub wiederkommen. Man, mit den Postkarten komme ich ja kaum hinterher. Habe heute gleich drei bekommen.

22:15

Petra hat wohl nicht mehr lange zu leben, aber sie übertreibt auch ein bisschen. Ich habe ihren Morgenmantel gewaschen, damit sie ihn so schnell wie möglich wiederbekommt und ich meinen. Mir geht es auch nicht so gut. Ich gehe zwar zur Therapie, aber ich sollte erstmal clean werden. Ich vereinsame mal wieder und das liegt nur an den Drogen. Das Schlimme an der Einsamkeit ist, dass man mit seinen Gedanken allein ist, das ist im Knast auch so. Gerade denke ich daran, wie es wäre, wenn ich immer so allein bliebe. Keine Freunde, mit denen ich mich unterhalten kann. Es hilft, wenn ich die Gedanken aufschreibe oder meine Gefühle malend zu Papier bringe. Wenn das Bild gut wird, ist meine Stimmung auch gut.

24. 9. 2001

Insgesamt dreizehn (!!!) Postkarten von Carla und Norbert! Erschlagend oder erbauend? Bin unzufrieden mit mir, fühle mich als Nichts, großes Nichts. Ich wäre auch gerne im Urlaub. Ich könnte echt heulen!

Ich will so gerne frei sein, frei von den Behörden und Drogen.

Gestern waren Wahlen in Hamburg und es ist nicht gut ausgegangen, wie ich meine. SPD: 38%, CDU: 28%, GAL: 8,7%, SCHILL: 17,2%, FDP: 5,5%, Sonstige: 4,6%. Mal sehen, wie es sich damit lebt. Heute morgen war ich bei der Sozi und habe meine Schulden reguliert, und zwar in Form eines Darlehens vom Sozialamt.

9. 10. 2001

Wenn ich mich so umgucke, sind alle jünger, hübscher und besser drauf als ich. Ich fühle mich so fürchterlich alt mit meinen 42 Jahren. Bin ich wirklich schon so alt? Scheiße, ich bin alt genug, um so zu leben, dass man es auch Leben nennen kann! Ich will noch so viel aus meinem Leben machen und ich weiß, dass nichts unmöglich ist. Petra sieht schlecht aus, sie ist dünn geworden. Sie muss alle zwei Tage ans Dialyse-Gerät angeschlossen werden. Ich finde, ich sehe auch nicht so gut aus. Bisschen dünn, ist aber auch kein Wunder.

Amtsgericht Hamburg, den 28. 1. 2002

»Beschluss
In der Strafsache
gegen Ulrich Koch
beschließt das Amtsgericht Hamburg-Harburg:

Die Reststrafe (…) wird gem. §36 Abs. 1, Abs. 3 S. 3 BtMG zur Bewährung ausgesetzt.

Die Bewährungszeit zur Erlangung eines Straferlasses des noch verbleibenden Strafrestes wird auf zwei Jahre festgesetzt.

Der Verurteilte hat die ambulante Nachbehandlung noch bis zum 31.7.2002 fortzusetzen und dem Gericht zweimonatlich nachzuweisen.

Gründe:

Zwei Drittel der Strafe sind durch Anrechnung der von dem Verurteilten nachgewiesenen Therapiezeit erledigt. Nach dem erfolgreichen Abschluss der Therapie kann daher verantwortet werden zu erproben, ob der Verurteilte keine Straftaten mehr begehen wird.«

1. 3. 2002

Montag, den 4.3. habe ich eine Anhörung wegen §36[23]. Ich bin zum Glück noch in der ambulanten Therapie bei der Brücke, soll da noch bis Juli bleiben und mich alle zwei Monate bei der Staatsanwaltschaft melden. Danach habe ich hoffentlich keinen Knastdruck mehr. Wäre geil.

Amtsgericht Hamburg, den 1. 3. 2002

»Ladung zur Anhörung

Sehr geehrter Herr Koch!

Auf Anordnung werden Sie zur Anhörung geladen auf Mittwoch, 4.3.2002 – 13:50 Uhr.

---

[23] §36 BtMG: »(1) Ist die Vollstreckung zurückgestellt worden und hat sich der Verurteilte in einer staatlich anerkannten Einrichtung behandeln lassen, so wird die vom Verurteilten nachgewiesene Zeit seines Aufenthaltes in dieser Einrichtung auf die Strafe angerechnet, bis in Folge der Anrechnung zwei Drittel der Strafe erledigt sind. (…) Sind durch die Anrechnung zwei Drittel der Strafe erledigt oder ist eine Behandlung in der Einrichtung zu einem früheren Zeitpunkt nicht mehr erforderlich, so setzt das Gericht die Vollstreckung des Restes der Strafe zur Bewährung aus, sobald dies unter Berücksichtigung des Sicherheitsinteresses der Allgemeinheit verantwortet werden kann.(…)« (§36 BtMG Abs. 1 GG)

Der Termin findet im Zimmer 257 des Amtsgerichts Hamburg-Harburg, Buxtehuder Straße 9, 1. Stock statt.

Sie werden darauf hingewiesen, dass gegen Sie ein **Vorführungsbefehl** erlassen werden kann, wenn Sie zu diesem Termin ohne Entschuldigung nicht erscheinen. Pünktliches Erscheinen ist unbedingt erforderlich.

Hochachtungsvoll, Justizangestellte«

12. 4. 2002

Heute bin ich in der Mopo. Es geht um die neue UFO-Turnhalle.

Ulli Koch (43)
Koch aus St. Pauli: »Das hält bestimmt nicht lange. Bald ist die Front voll mit Graffiti. Da hätte man lieber eine freie Sprühfläche für die jungen Leute machen sollen!«

Hinten auf dem Zeitungsausschnitt steht ein Spruch, den ich immer zu Norbert sage: Früher Vogel fängt den Wurm.

16. 7. 2002

Stilles leben / Ulli Koch

Galerie Nomadenoase   Golden Pudel Club   Eröffnung 15.7.02

Anfang September will ich mit Günter in den Urlaub nach Portugal an die Algarve fliegen. Das muss unbedingt hinhauen. Übrigens durfte ich gestern im Pudel meine Bilder ausstellen. Danke, Norbert.

10. 8. 2002

Postkarte von Petra aus dem Krankenhaus:

>>Ich denke an dich. Autobahn, Regen, Dunkelheit. Ich spreche vom Ende der Nacht. Ich spreche vom Ende der Dunkelheit. Vom Ende der Nacht spreche ich. Du, Liebster, wenn du zu mir kommst, bring eine Lampe mit und eine Öffnung, durch die ich das Treiben in der glücklichen Gasse sehen kann?<<

Hamburg, den 8. 9. 2002

Geschafft! Am 11.9.2002 fliege ich zum ersten Mal mit einem Flugzeug in den Urlaub. Geil! Der Flug ist bezahlt, es geht nach Portugal. Mit fünfhundert Euro Taschengeld für drei Wochen. Bei meinem Arzt war ich heute auch schon und habe die Mitgabe geregelt (170 ml Methadon und ein Begleitschreiben). Bin voll gespannt! Fliege mit Zelt, Schlafsack und Günter. Von Faro immer der Sonne nach, wir haben Zeit. Voll auf Droge, voll im Programm und trotzdem kein Knast. Das soll mir erstmal jemand nachmachen. So, und jetzt geht´s los!

Norbert Maria Josef Karl

* 6. Juli 1942 Wien   † 6. Juni 2004 Hamburg

Er war und ist und bleibt mein Leben
und meine Liebe.

Gerdi

22087 Hamburg, Ackermannstraße 21

Trauerfeier am Dienstag, dem 15. Juni 2004, um 11.00 Uhr
in der Kapelle des Friedhofes Hamburg-Bramfeld,
Berner Chaussee 50-56

MUT IST DER PREIS

Hamburg, den 14. 8. 2004

Norbert, mein bester Freund, ist am 6.6.2004 von uns gegangen. Die Zeit läuft einfach weiter.

19. 8. 2005
St. Pauli, Eröffnung Park Fiction

Mut ist der Preis, den das Leben verlangt, für inneren Frieden und Freiheit. Ich genieße die Reise über das freie Land. Ich entdecke viele bekannte Gesichter, eigentlich nur bekannte Gesichter. Warum tu ich mir das an? Der Platz ist voll, alle sind draußen, das gesamte und gewohnte Geschehen, irgendwie vertraut, und ich sitze hier, als hätte sich nichts verändert. Ich atme durch den Schmerz vergangener Jahre, als wäre es heute. Doch ich sehe jetzt mit anderen Augen.

Als ich dich das erste Mal sah, konnte ich eigentlich nur deine schönen Haare sehen. Aber ich glaube, dass ich da bereits ein Auge auf dich geworfen hatte. An deinen ersten Tagen in der Entgiftung beobachtete ich dich oft, du warst immer am Schreiben. Ich weiß noch genau, was ich dachte: Man, hat die viel zu schreiben. Morgens, mittags, abends. Erst in ein kleines Buch und dann noch mal ins Reine. Zwischendurch noch Briefe an deine Kinder oder an deinen Freund? Als Thomas dann anfing, sich mit dir zu beschäftigen, war das Thema erstmal durch für mich. Dann kam ich sowieso ins Krankenhaus, Scheißspiel, aber auch da musste ich oft an dich denken. Als ich dann wieder zurück in Bokholt war, hatte ich so meine Probleme und zweifelte stark an mir. Weswegen und wofür mache ich das hier eigentlich, leben und Liebe zulassen, und wie viel Schmerz kann ich noch ertragen? Auf provokante Art und Weise versuchte ich schließlich, deine Aufmerksamkeit zu gewinnen. Wahnsinnig gut fand ich dann, wie wir uns mit den Augen begegneten, immer und immer wieder. Es hat mich so viel Überwindung gekostet, dich in den Arm zu nehmen und zu küssen, aber es war tierisch schön.

Ich muss lachen, wenn ich über mein Leben nachdenke und Bilder aus alten Tagen vor Augen habe. Petra ist tot – ob das stimmt? Am Sonntag war ich bei Norbert am Grab, wie so oft. Ich brauche Kraft und finde sie bei ihm. Auf dem Rückweg musste ich weinen, beschissene Gefühle kamen hoch. Aber ich muss nicht so hart sein, wie das Leben mir mitspielt.

22. 8. 2005

Endlich Montag! Am Wochenende wurde der Park Fiction eröffnet. Horror, ich musste zwölf Stunden am Stück im Pudel arbeiten. Norbert fehlt überall! Wieder zuhause, kam erstmal das M.E.K.[24] durch meine

---

[24] »M.E.K.«: Mobiles Einsatzkommando, heute Sondereinsatzkommando, »S.E.K.«

Haustür geflogen. Falscher Alarm, die suchten den Koksdealer unter mir. Hatte ganz schön Schiss.

12. 12. 2005

Man, ist das Leben schwer. Habe wieder Monate verschenkt. Je älter ich werde, desto härter wird der Entzug. Doch den alten Mann will ich mir für später aufheben. Ich muss kämpfen! Ich hoffe immer noch, meinen Frieden zu finden, sodass die inneren Stimmen sich endlich vertragen. Bitte lass das den letzten Tag auf Heroin sein!

19. 12. 2005

Geil, ich bin wieder da! Ich bin jetzt Warmwasser-Junkie. »Hello, hello, hello, how low?« - Nirvana. Bin noch leicht auf Entzug, diesmal echt mein letzter. Ich fühle mich so unendlich alt. Heute hat es geschneit. Norbert sagte oft, dass wir nicht mal eine Schneeflocke im Universum sind. Recht hat er.

22. 12. 2005

Heute habe ich im Pudel gearbeitet, obwohl mir das überhaupt nicht leichtgefallen ist. Man, fühle ich mich alt! Habe doppelt so lange gebraucht. Ich spüre meinen Körper, aber ich muss jetzt am Ball bleiben! Mit

46 gehöre ich noch lange nicht zum alten Eisen. Wenn dem doch so ist, muss ich es zulassen (Weisheit aus Bokholt).

24. 12. 2005

Ich bin gut, aber es gibt immer Leute, die besser sind, und von denen habe ich immer schon gelernt. Ich kenne keine Grenzen. Um meinen Frieden zu finden, brauche ich Grenzen. Keine Extreme mehr!

26. 12. 2005 Montag

Ich wohne noch immer in der gleichen Hütte, die ich 1996 von der Krisenwohnung aus bezogen habe, und gucke mir ein altes »The Cure« Konzert auf DVD an, wie früher. Ich denke noch oft an Danny. Weihnachten ist fast vorbei und ich bleibe clean. Aber der Entzug ist noch nicht ganz durch. Ich darf nicht an die scheiß Drogen denken, ich brauche alle Kraft zum Leben.

29. 12. 2005

Gestern hatte ich tierischen Suchtdruck und konnte es fast nicht aushalten. Scheißspiel. Ziehe mir gerade Pink Floyds »The Wall« rein. Tierisch, vor allem das Video dazu. Ich habe den Eindruck, dass Roger

Waters durch seine Musik sichtbar gemacht hat, wie er sein Leben aufgearbeitet hat.

1. 1. 2006

Gestern Mittag war ich bei Carla, dort gab es heiße Fliederbeersuppe mit Grießklößen. Der Entzug war zu schwer. Rückfall am Silvesterabend. Hat sich nicht gelohnt. Ich hatte Schmerzen, eine simple Migräne, aber das konnte ich nicht richtig einschätzen. Ich dachte, die Kopfschmerzen, die Übelkeit und diese schreckliche Lärmempfindlichkeit kämen vom Entzug. Habe jedoch nicht eine Zigarette geraucht, sehe das jetzt mal als Stärke an. Neujahrsspaziergang abgesagt.

2. 1. 2006

Plötzlich sind die inneren Stimmen wieder da. Ich habe doch aufgepasst! Der Kopf hat »nein« gesagt, trotzdem hat offensichtlich irgendetwas nicht funktioniert. Als Maria am Neujahrsmorgen in den Pudel kam, war das eigentlich ein schönes Erlebnis, weil sie eine gute Freundin geworden ist und sich echt für mich freute, weil ich clean bin. Da wusste sie noch nicht, dass ich rückfällig bin. Das hat mich mal wieder daran erinnert, wofür ich aufhören will: Anerkennung.

9. 1. 2006

Man, seit dem letzten Eintrag sind nur ein paar Tage vergangen, aber es ist viel passiert seitdem. Zum Beispiel mein Geburtstag. Ob ich den nächsten auch noch erlebe, wird sich jetzt rausstellen, denn ich mache gerade schon wieder einen Entzug durch. Ich denke nur von Tag zu Tag, das ist einfacher. Jeder Tag, an dem ich nichts nehme, ist ein guter Tag. Ich werde mal darüber nachdenken, ob ich nicht was finde, wofür es sich lohnt, weiterzuleben. Ich will den Leuten, die an mich glauben, nicht mehr weh tun. Es ist schwer, clean zu bleiben, aber ich kann das, das weiß ich. Diesmal mache ich die Tür ganz zu. Es bringt mir überhaupt nichts, wenn ich sie immer nur anlehne.

22. 1. 2006

Wenn ich Glück habe, ist mir heute eine geniale Idee durch den Kopf gegangen. Eine Idee, wie ich langfristig meine Sucht loswerde. Die WM in Deutschland steht vor der Tür und alle erhoffen sich das große Geld, so auch ich. Ich eröffne bis zur WM, das ist die Deadline, eine Küche in der Hafenstraße, ohne Steuern und mit Getränken. Die Getränke werden vom Freihafen bezahlt und auch wieder eingenommen. So ungefähr. Das ist noch kein Plan, sondern eine Idee. Das heißt, ich muss mich verändern bis dahin. Geld und Beschäftigung sind natürlich schon gute Ziele, aber das wichtigste ist, loszulassen mit aller Kraft. Das ist das wirkliche Ziel. Bis jetzt ist alles nur auf Papier geschrieben. Jetzt kann ich mir mal was beweisen. Schlaues Buch, du bist mein Zeuge.

12. 2. 2006

Ich will morgens in den Spiegel gucken können. Ich will Ruhe, wenn ich sie brauche. Ich will, ich will, ich will. Ich Egoist.

27. 3. 2006

Schlaues Buch, ich bin noch da. Leider hat sich nichts verändert. Langsam frage ich mich sowieso, wer das alles mal lesen soll. Denn mein Leben ist ja nicht so spannend wie das von David Bowie, auch wenn ich oft meine, darüber schreiben zu müssen. Mir ist es einfach zu schade, die Gedanken irgendeines Menschen zu verlieren, da will ich nicht ausgerechnet meine eigenen vergessen. Nur so kann man sich verändern, so hat sich die Menschheit ja auch entwickelt. Ich war heute in der Apotheke, mal nachfragen was meine Stützstrümpfe so machen. Dabei ging meine Narbe am Fuß wieder auf. Scheiße, nur wegen der scheiß Apotheke! Ich war leider sofort beim Arzt damit, der sich bei der Gelegenheit auch gleich meine Lunge vorknöpfte. Jetzt soll ich auch noch aufhören, Zigaretten zu rauchen. Ha, ha, ha, ha.

18. 9. 2006

Eigentlich geht's mir gut, nur wollen meine Gefühle nicht an die Oberfläche zurückkommen. Doch alles wird wieder gut, hört man doch überall, im TV, im Radio, in der Zeitung und so weiter. Wird schon werden.

20. 9. 2006

Ich will so gerne in den Urlaub fahren, aber das scheitert wohl wieder an meiner Abhängigkeit. Mir geht's wahnsinnig beschissen. Ich habe Entzugserscheinungen und keiner kann mir helfen, außer Carla. Sie hat mich heute besucht und Wäsche abgeholt. Ich konnte mich bei ihr ausheulen. Ich liebe sie wie keinen anderen Menschen auf der Welt.

25. 10. 2006

Die Erde dreht sich schneller. Wenn ich ein kleines Ziel geschafft habe, freue ich mich. Zum Beispiel war ich heute bei Vattenfall, meine Rückzahlung abholen. Der Brief kam gestern mit der Post. Was für ein Glück! Da spüre ich das Leben. Ich freue mich für mich, aber gleichzeitig beobachte ich immer wieder, wie meine großen Ziele wegschwimmen. Kein Antrieb, um hinterher zu rudern.

27. 10. 2006

Um 11:00 Uhr war ich bei der ARGE[25] und habe einen Weiterbewilligungsantrag abgegeben, sonst ist die Arbeitsgemeinschaft bald nicht mehr für mich zuständig, sondern das Amt für Schwerbehinderte, und das befindet sich ungefähr am anderen Ende von Hamburg. Im Moment geht's mir ganz gut, dank meiner Freunde. Endlich war ich mal bei einer Ärztin, die sich auskennt. Ich war aufrichtig und ehrlich. Ich bin einfach immer wieder rückfällig.

30. 10. 2006

Gestern fuhren meine Ärztin, ihr Hund und ich in den Wald, Gassi gehen. Zuerst dachte ich, die will was von mir. Wir kamen in ein kleines Kaffee, wo wir ungestört über meine Probleme reden konnten. Ich kam mir vor wie ein Privatpatient in den Staaten.

13. 2. 2007

Ich habe echt nicht viel geschafft, aber ich bin immer noch motiviert und zuversichtlich, genau wie meine Ärztin. Es ist viel Mist passiert in der Zwischenzeit, aber ich versuche es immer wieder mit der Hoffnung, noch ein paar klare Jahre zu haben. Im Januar hatte

---

[25] »ARGE«: Arbeitsgemeinschaft, heute Jobcenter

die Kripo Hamburg mich fast am Arsch, ich konnte gerade noch alles Gift wegschmeißen. Seitdem baue ich mir mal wieder eine Struktur auf. Das heißt, ich versuche, wenn es denn überhaupt geht, regelmäßig zu essen und Tagebuch zu schreiben.

5. 3. 2007

Ich bin sauber. Jetzt fehlt mir nur noch eine Frau.

17. 6. 2007

Neuer Versuch. Das Tagebuch zu führen, denn clean bin ich immer noch. Es geht mir ganz gut damit, auch wenn ich mit vielen Dingen nicht einverstanden bin. Zu viele Kompromisse!

9. 7. 2007

Ich habe den inneren Drang, zu schreiben. Wenn ich schreibe, habe ich das Gefühl, dass mir jemand zuhört. Aber schreiben ist schwer und für einen Toten wie mich erstrecht. Mir fehlt es an jedem bisschen Willenskraft. Ich will ja immer schreiben, aber dann klappt das nicht richtig, statt einem »e« schreibe ich ein »a«, zum Beispiel. Ich habe heftigen Gedächtnisverlust im Kurzzeitgedächtnis. Dann klappt das nicht richtig und alles wird scheiße. Ich rauche gerade einen Joint beim Schreiben. Aber seit ich mir das Gift spare und ein bisschen Geld für mich übrig habe, geht es mir trotzdem einigermaßen gut.

20. 5. 2008

Es ist doch noch nicht vorbei. Ich nehme zwar keine Tabletten mehr, aber wieder Gift, zweimal am Tag. Gleichzeitig bin ich noch im Programm bei der Brücke. Scheiße, warum kann ich mir nicht selbst in den Arsch treten?

17. 6. 2008

Heute war ein geiler Tag! Man, man, man, habe fast dreihundert Mark zuhause! Elfi ist 70 geworden und wie ich heute zufällig mitbekommen habe, fliegt sie mit einer Freundin nach Moskau. Naja, warum denn nich, nech?

4. 9. 2008

Man, ich habe echt Probleme! Aber das soll keine Entschuldigung sein. In der Therapie gab es doch auch keine Entschuldigungen. Im Gegenteil, da gab es Strafarbeiten. Damit es beim nächsten Mal besser klappt, *DASS DIESE TIERE IHRE DRECKSFINGER DAVON LASSEN*!

11. 5. 2009

Günni hatte einen Prozesstermin in der Großen Straf-
kammer, Sievekingsallee. Bin leider nicht aus dem
Bett gekommen, aber am Mittwoch ist ein zweiter
Termin, da muss ich dann echt hingehen.

18. 5. 2009

Relaxt! Günnis Urteilsverkündung: Der Staatsanwalt
und sein Rechtsbeistand forderten die gleiche Höhe
der Strafe. 21 Jahre und 6 Monate. Er kann einen Antrag auf §35 stellen. Toi, toi, toi.

17. 10. 2009

Alter, das Leben wird von Tag zu Tag beschissener!
Wir haben das Jahr 2009, ich bin irgendwie 50, putze
immer noch den Pudel und nehme immer noch Drogen. Das muss ja alles nicht so sein, man kann sein
Leben auch steuern. Es gelingt mir aber nicht. Meine
Füße sind schon wieder im Arsch. Ich hatte Throm-
bose, meine Beine wurden dick, das hielten die OP
Narben nicht aus und sie platzten auf. Damit habe ich
zwei Wochen gearbeitet, aus reiner Geldnot, und
dann war Schluss mit lustig. Ich bekam tierische
Schmerzen, bis gar nichts mehr ging. Seitdem müssen
meine Füße zweimal die Woche in Kompressionsbin-
den gewickelt werden. Was das ist, will keiner

wissen. Aber meine Prophylaxe für sowas, die Kompressionsstrümpfe, sind jetzt da. Das kann doch echt nicht wahr sein, dass sowas sieben Monate dauert, man!

IMMER, WENN ICH DIE SONNE SPÜRE

Hamburg, den 3. 2. 2010
St. Pauli, Talstraße

Schneematsch und St. Pauli Spiel. Ein Joint gehört
heute dazu, ich habe sowieso keinen Antrieb so ganz
ohne Drogen. Aber das ist Schwachsinn, oder? Egal,
ich habe angefangen, ein Buch zu lesen. »Helden« von
Tobias Rüther. Es geht um David Bowie in Berlin. Im
Klappentext heißt es:

> »(…) Wie der größte lebende Rockstar 1976
> aus Los Angeles nach Europa heimkehrt, ein
> Drogenwrack, geplagt von Sinnestäuschun-
> gen, Verfolgungswahn und Nazivisionen.
> Wie er in die Hauptstadt seiner Kindheits-
> träume zieht, nach Berlin, (…) und langsam
> gesundet. Wie er mit Iggy Pop in einem Schö-
> neberger Altbau wohnt und wieder zu malen
> beginnt. Wie er mit dem Fahrrad ins Brücke-
> Museum fährt, ins Nachtleben der geteilten
> Stadt, in den Dschungel und zum anderen
> Ufer, zu Romy Haag und ins Hansa-Studio.
> Wie er dort, im Schatten der Mauer, die zwei
> radikalsten Platten seines Lebens aufnimmt:
> »Low« und »Heroes"« Wie er am Ende sogar
> in »Just a Gigolo« einen preußischen Adligen
> an der Seite Marlene Dietrichs spielen darf

und dem Punk trotzdem immer einen Schritt voraus ist. *HELDEN* erzählt die Geschichte eines Künstlers und einer Stadt. Die Geschichte eines Außerirdischen in nostalgischen Kulissen. Die Geschichte von Zukunftsmusik aus dem Geist der Vergangenheit. Die Geschichte von einem, der auszog, im Gestern, Heute und Morgen zugleich zu leben.«

Naja, mal sehen, ob ich das zu Ende lese. Es gibt auch einen Film, den kann ich mir ja angucken. Ich bin zurzeit wieder schwach. Pillen und Gift, aber so langsam bekomme ich das raus. Übrigens habe ich ein neues Fahrrad. Nicht ganz fein, aber mein.

23. 3. 2010

Heute muss ich zu meiner Ärztin und sie davon überzeugen, dass es gut ist, wenn ich sieben Tage mit meiner Mutter nach Italien fahre. Da bin ich meinen Beikonsum doch auf jeden Fall los. Wenn die Pola Mitgabe geklärt ist und ich meinen Medikamentenausweis habe, geht es am Donnerstagnachmittag nach Neumünster und von dort aus mit dem Bus an den Gardasee. Ich glaube, ich bin irgendwie ein Stück meiner inneren Ruhe nähergekommen. Dann kann es jetzt bald mit meinem Antrag auf Arbeitsunfähigkeitsrente losgehen. Außerdem muss das mit der

Privatinsolvenz geklärt werden. Ich werde mich morgen früh beim Deutschen Roten Kreuz telefonisch melden und erkundigen.

Hamburg, den 6. 9. 2010

Es klingelte und Günni stand vor der Tür. Er wurde aus dem Knast entlassen! Bis jetzt ist er noch bei mir. Auf mich kommt jetzt der volle Ernst zu. Ich muss sauber bleiben, was ich seit der Busreise mit meiner Mutter auch bin. Für mich und meine Füße und den nächsten Urlaub, nämlich eine Woche Frankreich, Bertile besuchen. Mein erster Urlaub ohne Familie! Kein Französisch, kein Englisch und kein Deutsch. Ich hoffe, ich bin schön abgelenkt vom Suchtdruck.

Malestroit, den 26. 9. 2010
Frankreich, Bretagne

Ich bin in Frankreich. Ein Festival der Gefühle, übrigens ging das schon zwei Stunden vor Abfahrt los. Es war eine gute Entscheidung, hierher zu fahren. Donnerstag um 10:00 Uhr war ich in Rennes. Bertile holte mich dort ab und wir fuhren in ihre kleine Gemeinde von 2.476 Einwohnern. Auf dem Weg dahin hielten wir bei einer Ausgrabungsstätte. So wie ich es verstand, hat ihre Schwester da mal ein Kunstprojekt mit Lichteffekten gemacht.

28. 9. 2010

Essen wie Gott in Frankreich! Gestern lernte ich fast die ganze Familie von Bertile kennen. Wir waren bei ihrem Vater und seiner jetzigen Frau zum Essen eingeladen. Auf dem Weg dorthin kauften wir beim Bio-Bauern richtig gute Sachen, Kürbis, Zucchini, Kartoffeln, Nüsse, Salat - super! Da war für mich schon mal klar, dass ich hier kochen will. Dann holten wir noch ihre Schwester ab, die extra aus Paris kam. Dort lernte ich dann auch die Mutter kennen. Angekommen, gab es erstmal Aperitifs und getrocknete Wurst, natürlich selbstgemacht, wie alles, was es gibt. Baguette, Austern, Wildpastete, ein riesen Huhn, Oliven, Kartoffeln und zwischendurch immer wieder Kaffee. Bertile geht gerne spazieren und so waren wir schon oft draußen. Es ist hier echt schön. Am Sonntag waren wir bei einer Ausstellung und anschließend im Wald spazieren, ein richtiger Marathon. Super Ding, wir kamen beim Imker vorbei und bekamen tierisch gute Honigproben. Wir machen hier so viel, dass ich nachts extrem gut schlafe und meine Beine anfangen zu heilen.

29. 9. 2010

Man, man, man, wieder so ein schöner Tag! Es ist so unwirklich, im Urlaub zu sein, und doch ist es echter als alles jemals zuvor. Jetzt geht es langsam zu Ende. Noch zwei Tage. Echt viel gesehen und gehört und so

viel gelernt! Gestern waren wir in einer anderen kleinen Stadt, etwa zwanzig Kilometer von Malestroit
entfernt. Dort leben sehr viele Künstler, von Glasblä-
sern über Holz-, Stein- und Stahlkünstler. Wenn man
sich dafür interessiert, so wie ich, dann ist es ein Pa-
radies für die Augen. Die Ausstellung ging durch die
ganze Stadt, alles in einer blaugrünen Atmosphäre.
Abends leckeres Essen und Wein.

Hamburg, den 3. 10. 2010

Bin gestern Nachmittag in Hamburg angekommen.
Carla holte mich mit einer fetten Rose vom Bus ab.
Darüber habe ich mich sehr gefreut. Ich konnte die
Freude aber nicht zeigen, weil ich so kaputt war von
der Busfahrt. Die Rückfahrt hat einundzwanzig Stun-
den gedauert. Übrigens hätte ich in Rennes fast den

Bus verpasst. Wir fuhren zwar rechtzeitig in Malestroit los, aber Bertile hatte keine Extrazeit einberechnet. Wir gerieten in einen Stau und waren vierzehn Minuten zu spät am Bus. Bertile hatte noch versucht, den Busfahrer telefonisch zu erreichen, ohne Erfolg. Dann schmiss sie mich kurz vor dem Bahnhof aus dem Auto und ich rannte zum Busbahnhof. Das war eine sehr gute Entscheidung, denn ich sah den Bus noch losfahren, direkt an mir vorbei. Ende, dachte ich! Zum Glück hatte die nächste Ampel rot, sodass ich mit dem Busfahrer reden konnte. Der drehte dann noch mal um und ich konnte einsteigen. Ein Glück!

12. 10. 2010
Davidstraße, Waschsalon

Habe gestern schon mit Wäsche waschen angefangen. Kommt tierisch gut, in frisch gewaschenen Klamotten zu schlafen. Mir ging es heute nicht so gut und Carla besuchte mich. Wir gingen spazieren und tranken Kaffee an der Elbe. Mit Carla ist es immer entspannt. Sie kann mich von jedem Horrortrip runterholen. Günter wohnt gerade bei mir. Er findet keine menschenwürdige Wohnung. Er ist jetzt drei Monate bei mir und es kommt mir wie ein halbes Jahr vor. Wird langsam eng auf dreiunddreißig Quadratmetern, auch wenn er einer meiner besten Freunde ist. Ich will ja dieses Jahr auch noch mit der Renovierung meiner Wohnung anfangen. Vier Wochen muss ich eh noch warten, weil ich neue Thermofenster bekomme. Der Tischler war schon da und hat die Fenster ausgemessen. Scheiße, jetzt habe ich doch glatt meinen Tabak zuhause vergessen. Zum Glück ist die Maschine gleich fertig.

19. 10. 2010

Solange ich arbeiten kann, geht's mir eigentlich gut. Am Freitag habe ich meinen Rentenbescheid bekommen. Der ist erstmal bis 2013 begrenzt. Insolvenz läuft auch. Alles gut, aber so muss es auch bleiben, und dafür muss ich leider was tun. Kommt Zeit, kommt Rat, kommt Attentat!

25. 10. 2010

Was geht? Keiner geht, jedenfalls nicht Günter. Ich helfe Günni wo ich kann, aber irgendwie schafft er es nicht, ein Zimmer oder eine Wohnung zu finden. Ich kann nicht mehr! Es muss was passieren, sonst komme ich wieder regelmäßig auf Droge. Ein bisschen bin ich es schon wieder.

Hamburg, den 25. 11. 2010
AK St. Georg

Ich schaffe es doch immer wieder, in die Scheiße zu treten! Ich dachte gerade, ich sei auf dem richtigen Weg, und schon knallte es wieder im Karton! Ich liege im Krankenhaus St. Georg. Meine Füße haben auf den Rückfall gar nicht gut reagiert. Liege erneut mit offenen Beinen im Bett. Heute rief ich meinen Nachbarn an, dachte an nichts Böses und bat ihn, mal nach meiner Post zu sehen. Jetzt ist da ein Brief von der Staatsanwaltschaft dabei, sowie von Vattenfall und dem Grundsicherungsamt. Das Problem ist die scheiß Staatsanwaltschaft, das macht mir richtig Angst. Ich bin mir sicher, dass die Geldstrafe, die ich bekommen habe (vierzig Euro wegen Schwarzfahren) erst zum 15.12. fällig ist. Wüsste nicht, was das sonst sein kann. Ich bin mir keiner Schuld bewusst. Habe Carla gleich angerufen und gefragt, ob sie mir die Post bringen kann. Jetzt kann ich nur abwarten. Da ist diese Angst, die kenne ich eigentlich nur auf Drogen und das ist hier grade nicht der Fall.

Später am Tag …

Der Brief von der Staatsanwaltschaft war positiv, denn das Geld, das mir bei der Verhaftung abgenommen wurde, wird auf meine Geldstrafe angerechnet. Kommt tierisch gut und ist auch gerecht. Von der Grundsicherung gab es einen Stapel Papiere zum

Ausfüllen. Mal sehen, ob ich das mit dem Sozialdienst abarbeiten kann. Den Sozialdienst habe ich heute angefordert und er hat mir ausrichten lassen, dass er am Montag vorbeikommt.

29. 11. 2010

Mein Helfer in der Not hat mich heute hängenlassen. Der ganze scheiß Sozialstaat bricht langsam zusammen. Ich muss mich zu 100% neu organisieren.

Lohmen, den 17. 7. 2011
Rehabilitationsklinik Garder See

Ich bin gerade auf Reha in Lohmen. Diesmal nicht wegen der Droge, zumindest nicht direkt. Hier werden Atemwegserkrankte rehabilitiert, wie ich mit meiner Lunge. Bin vor acht Wochen zweimal umgekippt aufgrund altbekannter Entzündungen, die wiedermal durch die Droge geweckt wurden. Mir ging es so schlecht, dass es mir eigentlich leichter vorkam, loszulassen. Meine Freunde haben das mal wieder verhindert.

Ich will endlich ein Buch über mein Leben schreiben. 1998 in Bokholt fing ich mit dem Tagebuch an. Ich saß in der Sonne, klappte das große, blaue Notizbuch auf und fror mir den Arsch ab. Wir hatten unglaubliche dreißig Grad im Herbst und ich trug einen

Rollkragenpullover und einen Schal. Jeder, der schon mal entgiftet hat, versteht, was ich meine. Daran werde ich mich immer erinnern, weil das einfach ein gutes Gefühl war. Denn ich dachte daran, wie oft ich schon auf dem Boden lag und doch immer wieder auf den Füßen gelandet bin. Als ich in der Lungenabteilung lag und zum ersten Mal den Abgrund sah, schoben sie mich einmal im Bett nach draußen. Da dachte ich, ich will noch ein bisschen leben. Einfach wegen der Sonne. Immer, wenn ich die Sonne spüre, denke ich daran. Daran, dass ich noch lebe. Dazu kann ich nur sagen, dass der da oben wohl doch was für mich übrighat. Was ist Gott? Die richtigen Reflexe im letzten Moment zu haben? Dafür bin ich jedenfalls dankbar. Der Glaube hat mich eine ganze Zeit lang sehr beschäftigt. Mich fasziniert, dass so viele Menschen hinter einer einzigen Ansicht stehen können. Es mag so einen Mann wie Jesus gegeben haben, ich glaube auch daran. Wird wahrscheinlich so gewesen sein. Der wird so ein Charisma gehabt haben, weil er sich nie gewehrt hat. In jeder Geschichte steckt ein Fünkchen Wahrheit. Aber, dass er das Meer teilte und die Blinden heilte, ist zwar spannend, schön gemacht, es gibt ja auch Spielfilme darüber, doch man darf diese Geschichten nicht zu ernst nehmen. Damals ging alles ein bisschen anders zu. Die hatten so ein Robin Hood-Leben. Es war nicht einfach, die Reichen zu beklauen und die Armen damit zu füttern, ohne gehängt oder geköpft zu werden. »Der hat mir das Portemonnaie aus der Tasche geklaut, da habe ich ihn gleich am Baum aufgehängt.« Oder man musste zu Kreuze kriechen. Wenn du damals in deinem Dorf Scheiße gebaut hast, hattest du die Wahl zwischen Tod oder zu Kreuze zu kriechen. Das hieß, du musstest durch das Dorf auf den Knien zur Kirche robben und das Kreuz küssen. Dann war dir deine Sünde vergeben. Ich war evangelisch bis zu meiner Konfirmation. Die habe ich mitgemacht, ließ mich beschenken und dann trat ich auch schon wieder aus der Kirche aus, weil ich während meiner Bäckerlehre Kirchensteuer bezahlen sollte. Dabei haben die echt genug Gold. Wenn man sich mal die Kirchen in Venedig anguckt, mit dem Zeug kannst du ganz Hamburg aus Gold nachbauen.

Rückblickend ist Psychotherapie für mich nichts anderes, als der Beginn meines Lebens. Die Zeit, in der du Drogen nimmst, ist eine sehr schnelllebige Zeit. Du lebst nur in den Tag hinein. Mit der Therapie fängt das Leben wieder an. Du lernst, wie du dich gut fühlen kannst, aus welchen Situationen heraus du Gift nimmst und wie du das frühzeitig verhindern kannst. Du fängst an, zu planen und nicht mehr nur von heute bis morgen zu denken, sondern von heute bis nächste Woche. Irgendwann denkst du sogar bis zum nächsten Monat. An das nächste Jahr habe ich noch nie wirklich gedacht, so weit ging das dann doch nicht. Aber ich konnte mein Selbstbewusstsein aufbauen, echte Freundschaften knüpfen und noch viel mehr. Kleine Bausteine, die zusammen ein besseres Leben ergeben. Das bedeutet für mich Psychotherapie.

Ohne Norbert hätte ich mich damals nie für das Richtige entschieden. Norbert hatte was übrig für mich. Er konnte mir helfen, ohne Fragen zu stellen. Das konnte sonst keiner. Norbert, der mich nie hat hängenlassen, außer als er gehen musste. Er hat mir viel mehr hinterlassen, als ihm wahrscheinlich bewusst war. Sein Wesen ist bei mir und damit hilft er mir, zu leben.

NACHWORT

Der gefühlt zehnte Versuch, dieses Buch zu schreiben und ich freue mich, dass es nun doch noch geklappt hat. Meine Tagebücher aufzuarbeiten, war schon lange ein großer Wunsch von mir. Daniela hat mir dabei geholfen, und zwar so, dass es auch fertig wurde. So, dass ich das Gefühl habe, etwas zu hinterlassen.

Alle Tagebucheinträge und Briefe sind aus der Zeit. Am intensivsten schrieb ich von 1998 bis 2001. Während der teilstationären Therapie bei Jugend hilft Jugend, war das jeden Tag der Fall. Musste ich ja. Es war Teil des Programms, zu schreiben, und zwar nicht über das, was wir erlebten, sondern über das, was wir fühlten, und das dann vorzulesen, in der Gruppe vor sieben, acht Leuten. Schön intim, schön peinlich. Wenn ich Freizeit hatte, schrieb ich. Nach Beendigung meiner letzten Therapie werden die Einträge immer seltener und irgendwann gibt es gar keine mehr, weil ich wieder etwas unternahm in meiner Freizeit.

Die Rückblenden wurden in den letzten vier Jahren Stück für Stück gemeinsam erarbeitet. Daniela stellte mir Fragen und ich erzählte, was ich noch wusste. Diese Gespräche wurden aufgezeichnet und nachträglich in das Tagebuch eingebunden. Oft fiel mir mitten in der Nacht noch etwas ein, das ich dann für mich allein zu Papier brachte. Das war anstrengend. Mein Leben war immer ein Kampf für mich. Ein Kampf um Liebe, Anerkennung und Geborgenheit. Es auf diese Art noch mal zu durchleben, war ebenfalls ein Kampf.

Heute habe ich Freunde, die ich mit ruhigem Gewissen auch so nennen kann. Zu unterscheiden, wer mein Freund ist und wer nicht, war für mich nicht leicht. Im Gegensatz zu früher, geht es mir heute sehr gut, und das habe ich meinen Freunden zu verdanken. Ich habe meine Krankheit, die Sucht, ganz gut im Griff und ehrlich gesagt bin ich auch heute noch am Kämpfen. Nur weiß ich jetzt, wofür. Man kann mal nach hier, mal nach da abdriften, aber man darf das Ziel nie aus den Augen verlieren. So läuft das heute bei mir. Es ist mir wichtig geworden, Gefühle zu zeigen und Schmerz nicht zu unterdrücken. Mich fallen zu lassen und sicher zu sein, dass ich aufgefangen werde, war nicht immer selbstverständlich. Es tut mir weh, wenn ich über tausend Ecken höre, dass der ein oder andere es nicht überlebt hat. Oft habe ich erst später davon erfahren, wenn jemand auf der Strecke geblieben ist. Manche findet man im Buch plötzlich nicht wieder, weil ich einfach nichts mehr von ihnen gehört habe.

Es waren aufregende Jahre. Ich habe immer versucht, auf die Überholspur zu kommen, immer auf der Suche nach innerer Ruhe. Heute freue ich mich über jeden Tag, den ich noch erleben darf. Ich bin dankbar.

Heute bin ich, Ulrich Koch, legal und zufrieden.

Daniela Reis und Ulrich Koch im April 2018 in der Talstraße
während der gemeinsamen Arbeit an »Ulli, illegal«